變幻

ヘンゲン

今野敏

1

「嫌犯落網了。」

這句話在搜查總部響起後，隔了一拍，調查員平靜地發出「喔！」的歡呼聲。

地點是設置於綾瀨署的「小酒店老闆命案」搜查總部。

命案發生在五天前，宇田川亮太所屬的警視廳搜查一課殺人犯搜查第五係，這五天一直待在搜查總部。

從初步搜查就持續不眠不休地調查。雖然是家常便飯，宇田川依舊累得像條狗一樣。

儘管如此，得知嫌犯被捕，還是令他精神一振。

調查員的工作不是抓到犯人就結束了，接下來還得製作移送嫌犯的文件及堆積如山的說明資料。

現在是晚上十點過後，報告大概要寫到天亮了。不過，總算克服最大的難關，接下來只是例行公事，都是不用傷腦筋的工作。

宇田川不斷重複這過程：對著筆記型電腦打字，猛然發現螢幕上的文字變得模糊，回過神來甩甩頭。

「女人還真是不能小看的生物呢！」

和宇田川搭檔工作的植松義彥對他說。

他指的大概是被捕的嫌犯。

被害人是五十六歲的男性，在綾瀨署管區內開了一家小酒館。被捕的嫌犯是三十八歲的女性，是他的交往對象，也是那家店的員工。

宇田川猜想植松大概是看到自己一臉想睡覺的模樣，為了驅走他的睡意，才向他搭話的吧。

「是男是女都不能小看喔。」

「說的也是，但就是很容易對女人掉以輕心呢……」

「因為俗話說，犯罪的背後一定有個女人嘛。」

植松冷哼一聲，繼續製作文件。

植松是年長宇田川將近二十歲的警部補。宇田川是巡查部長（註：日本的警察階級由下而上依序為巡查、巡查部長、警部補、警部、警視、警視正、警視長、警視監、警視總監共九級）。

基本上，老鳥會和新人搭檔辦案，植松和宇田川的組合就是基於這個原則。

文件完成時，已經是早上六點。參事官、署長及搜查一課課長等幹部，早在確定嫌犯落網的階段就不見人影。

管理官宣布解散搜查總部，照慣例用茶碗喝了一杯慶功酒。一大早喝酒實在不太好，但搜查總部的大部分成員接下來都不用當班，可以回家。

植松一口氣喝光杯裡的酒，對宇田川說：「大石在特殊班的訓練好像備受矚目。」

這還是第一次聽說。

「這樣啊。」

大石陽子是宇田川初任科（註：警校生須通過六個月的學科及術科課程後，

才能成爲正式警察）的同期。

為滿足世人對女警的需求而招募女性警官的制度，稱為指定調查員制度，特殊班則是召集女性指定調查員，進行訓練的單位。訓練時，指導員對大石的表現青睞有加，拔擢她到特殊班。

特殊班的正式名稱是刑事部搜查一課特殊犯搜查係，最近以SIT（註：Sousa Ikka Tokushuhan的縮寫）的簡稱較為人知，原本是專門為了調查綁架案而成立的單位。

現在也是專門處理綁架、誘拐案及挾持人質、炸彈案的單位，相當活躍。

植松的臉色泛紅。

「對呀。特殊班的女警在綁架案時要假扮成被害者的家人與綁匪周旋、交付贖金。聽說她訓練時的演技十分逼真，指導員對她稱讚不已。」

「這麼說來……」宇田川回答：「她好像說過，要是當不成警察，就要去當演員。」

「是噢……。想當女演員啊。」

「她說她想演舞台劇。」

「那怎麼會來當警察呢?」

「我也不知道……沒問過她。」

「要是變成演技精湛的女警,肯定會有很多單位搶著要吧。」

「會嗎……」

「很多情況都可以派上用場啊。」

或許正如植松所說。

既然在特殊班,應該正為了綁架案進行沒日沒夜的訓練。一旦真的出事,由大石直接與犯人對話或接觸也不是不可能。

好危險的任務。但宇田川認為如果是大石,一定能勝任。

她從在初任科實習的時候就很優秀,身材高䠷,又有體力,術科也很拿手。柔道或許不擅長,但如果是劍道或擒拿術,就連男生也不是她的對手。

就連摩托車都騎得很好。

雖然已經是過去的事,但做什麼都只拿到及格分數的宇田川,曾經偷偷地在心裡覺得自己比不上她。

一大早喝酒本來就很容易醉，再加上睡眠不足又累到不行，只喝了一小杯酒，就覺得頭昏腦脹。

就算今天有案件發生，應該也不會再要求宇田川他們那一組出動。搜查一課光是調查命案的單位就有九個小組。

好想趕快回家睡覺。

宇田川邊這麼想著邊離開設置了搜查總部的綾瀨署。

說不定暫時無法見面了，去喝酒吧。大石聯絡宇田川的時候，正好是搜查總部解散後的第三天，十月十九日星期四。

約好隔天晚上見面，大石說她訂了赤坂那家他們去過好幾次的西班牙餐廳，宇田川對此沒有意見。

警察之間的聚會經常會因為案子發生而有所變動，就算順利見到面，可能也會在用餐的時候被叫回去。

彼此都知道這一點。
幸好，宇田川的單位當天和隔天都沒被叫出去。
星期五傍晚，宇田川過了六點還待在本部。
約好的時間是晚上六點半。
心想差不出該離開了，鄰座的植松開口：「走吧。」
宇田川嚇了一跳，看著植松。
「咦……我們有約嗎？」
「不是和大小姐約好了嗎？」
「啊……」
原來大石也約了植松。
既然如此，為何不先跟他說一聲呢……。
宇田川在心裡想著。
植松離開座位，走向門口，宇田川連忙跟上。
與約好的時間分秒不差地抵達那家店，已經見過好幾次面的經理笑著說：「歡迎光臨。您的朋友已經到了。」

被帶到最裡面的位置，不只大石，土岐達朗也在。

「啊，還有土岐先生……」

宇田川不禁脫口而出。

「什麼嘛……」土岐說道：「我不能來嗎？」

「呃，我不是那個意思……」

土岐與植松同期，階級也跟植松一樣，同為警部補，隸屬於搜查一課特命搜查對策室的特命搜查第四係。

特命搜查對策室負責繼續調查尚未偵破的案件，屬於新成立的單位，是因應針對情節重大到會被判死刑、公訴時效已過的廢除案件，而成立的單位。

相較於體格魁梧、長相凶惡的植松，土岐個頭矮小，頭髮有一半都白了。

兩個時代的同期——宇田川與大石、植松與土岐並肩坐在四人座的座位上。

植松問大石：「你沒告訴小子也約了我們嗎？」

「小子」是宇田川的外號。

忘了從什麼時候開始植松這樣叫他，後來連土岐也有樣學樣地喊。

大石回答：「咦，我沒說嗎？」

「他根本不知道啊。」植松笑嘻嘻地說：「這傢伙還以為可以和你單獨約會，知道我們也來了，好像很失望。」

「哎呀……」宇田川趕緊辯白：「才沒有這回事呢，我只是不知道兩位也會來。」

「我其實也想約蘇我，可惜聯絡不上他……」大石說道。

蘇我和彥也是宇田川的同期。

宇田川、蘇我、大石三個人非常談得來，警察學校畢業後也常見面。

「這樣啊……」植松說：「這家店原本是蘇我的愛店呢。」

「與其說是愛店……」宇田川糾正他：「不如說是聯絡用的據點。」

「說的也是。」

蘇我原本在公安單位，隸屬於公安總務課，但因為發生了一些事而離開警界。

從此以後，宇田川就很難聯絡上他。

土岐輪流看著大石和宇田川問道：「不知道蘇我現在人在哪裡嗎？」

宇田川搖頭。

「還是老樣子，不知道他在哪裡做些什麼。」

大石說：「我也不知道。」

土岐問植松：「該不會還在為公安做事吧……」

植松皺眉。

「沒人知道公安在想什麼。再怎麼說蘇我都是被懲戒免職。」

「可是，已經知道他被懲戒之後，還繼續在從事公安的工作不是嗎？」

「想也知道公安那些人不會解釋清楚。」

「一旦被懲戒免職，就不可能再回到警界。」

「是沒錯啦……」

服務生來點餐，打斷他們的對話。為了潤喉，所有人都點了西班牙的六芒星啤酒。
利用飲料送上來前的時間點餐。綜合蔬菜佐香蒜鯷魚熱沾醬、以及生火腿沙拉是這裡的招牌菜。也不能少了蒜香鰻魚幼苗和西班牙蛋餅，最後是西班牙海鮮飯。
喝完啤酒，又叫了紅酒。
「所以……？」宇田川問大石：「你說暫時無法見面是什麼意思？」
「我要調職了。」
「調職？去實習嗎？」
「嗯，差不多。」
土岐眨了眨眼睛問：「該不會像蘇我那樣銷聲匿跡吧？」
大石只是笑了笑，並未回答這個問題。
植松說：「喂，真的還假的。」
大石笑著回答：「恕我無法回答。」
「喂，別用那種公安的口氣說話。」

土岐聞言，幫大石緩頰：「因為是特殊班嘛，不能透露任務的內容。」

「沒錯，就是這麼回事。」

點的餐來了。

宇田川邊拿生火腿沙拉邊問大石：「該不會是危險的工作吧？」

「警察的工作哪有不危險的。」

「才怪，調查命案的時候不太會有危險的感覺。」

「就是說啊。」土岐說：「大家都說搜查一課是菁英，但其實很少工作需要親身涉險。機搜還比較危險也說不定。」（註：機搜全名爲機動搜查隊，隸屬於警視廳刑事部或警察本部刑事部的「執行隊」，如果是規模較小的警察本部，則隸屬於刑事部搜察第一課內的小隊活動。）

植松說：「丸暴也很可怕呢。」（註：丸暴，負責處理暴力集團相關事務的警視廳組織犯罪對策部，或各道府縣警察刑事部的搜查第四課。）

土岐搖頭。

「其實丸暴反而不會有生命危險。暴力集團的人雖然凶狠又殘暴，但是不會對警察亂來。」

「還是有被籠絡，導致身敗名裂的風險喔。」

「這倒是，的確有收賄的風險。」

宇田川繼續問大石：「你說暫時無法見面，是連聯絡也不能嗎？」

「大概吧。」

「那不就跟蘇我一樣了。」

「我都說不能再透露更多了。」

「連想要知道你是否平安都沒辦法嗎？」

大石又笑了。

「不用那麼擔心啦。」

「你都約大家吃飯了，怎麼可能不擔心。」

「我只是久違地想跟大家吃飯而已。」

「到此為止吧。」植松打圓場：「以大小姐的身手，沒什麼好擔心的。」

「就是說啊。」土岐也表示同意：「比小子可靠多了。」

「或許是這樣沒錯啦……」

見宇田川承認，土岐笑著說：「要是大小姐真的出了什麼事，你要去救她喔。」

「那當然，包在我身上。」

「既然你有這個決心，就別再多說了。」

植松接在土岐之後說道：「到時候，我們也會去救你。大小姐，這樣就沒問題了吧？」

「哎呀，這麼一來我可以放心地赴湯蹈火了。」

在那之後，大家盡情地享用西班牙菜，也喝了不少葡萄酒。宇田川喝醉了，但喝得愈醉、就愈掛心大石的事，跟掛心蘇我一樣。

如大石所說，從下週開始，警視廳內就不見她的身影了。

特殊班每天從早到晚都要訓練，除非發生綁架案等特殊案件，否則不用他們出馬。

據說他們會分成兩個班輪流訓練。平常的工作就屬訓練這點與機動隊沒兩樣。

（註：日本警察中具有集團警備力及機動性的單位，負責維護治安、鎮暴、救災等）

大石大概也在哪裡接受特殊的訓練。

宇田川忍不住產生各式各樣的想像。

同期是特別的存在。

同一個職場上的同事也會建立某種親密的關係。警察經常要調單位，遲早會分隔兩地，但是在初任科吃同一鍋飯的同期，無論去到哪裡，或者是幾年沒見，關係都不會斷。

隨著時間流逝，他不再有餘力思考大石的事。

週一傍晚，無線電傳來發現屍體的報告。

下午五點十五分，已經是下班時間，但宇田川等人沒回家，留在警視廳待命。

又過了一會兒，名波孝三係長被池谷陽一管理官叫去。

宇田川見狀，判定是他們第五係要出動了。

名波係長回來告訴大家：「是命案。現場在港區港南五丁目。」

所有人員一同站起來。

2

案發現場是填土造路的運河旁。

宇田川一行人抵達現場的時候，轄區的強行犯係（註：負責偵辦強盜、姦淫擄掠、殺人放火等重大案件的單位）及機動搜查隊員已經先到場，開始進行鑑識作業。

名波係長盯著驗屍官，走上前去。

宇田川和植松等人也尾隨而上，以驗屍官及名波係長為中心圍成一圈，聽他們報告。

「先被刺了一刀，才被丟進運河裡。」

驗屍官說明。宇田川翻開用夾紙板固定住的活頁筆記本，開始做筆記。

「身上沒有可以連結身分的物品。好像喝了一點水，所以可能是在一息尚存時被推進運河裡。」

名波係長問驗屍官：「司法解剖呢……？」

「一看就知道是他殺，所以大概會由警署驗完屍就結束了……」

警視廳經手的遺體中，會送去司法解剖的比例頂多只有百分之一。秋田縣警的司法解剖率高居全國第一，但也只有百分之十二左右。

警視廳的司法解剖率之所以那麼低，主要是因為每年要處理的屍體實在太多。事實上，秋田縣警一年解剖約兩百具屍體，但警視廳卻多達兩百五十具，因此以數量而言，警視廳其實凌駕於解剖率高居全國首位的秋田縣警之上。

至於不進行司法解剖的他殺屍體，則直接由警署的警官與醫師代為驗屍。

遺體上蓋著藍色塑膠布。

鑑識人員拚命拍照。刑警要等這項作業結束後，才能靠近遺體。

驗屍官繼續說：「很難判斷是失血過多還是溺死，但顯然是先被刺了一刀才丟進運河裡，因此應該能向媒體公布死因是刺殺。」

宇田川寫下來，他也認為這個判斷沒什麼太大問題。

「鑑識作業完畢。」

鑑識人員報告，驗屍官舉起一隻手來代替回答。

「那麼，要在遺體運去轄區警署前看一下嗎？」

名波係長點點頭：「就這麼辦。」

調查員紛紛靠近遺體，名波係長掀開藍色塑膠布。

死者是個相當年輕的男人，大約不到三十五歲，穿著鮮豔的襯衫、牛仔褲，腳上穿著球鞋。

宇田川對植松說：「沒穿外套耶。」

「對呀。這個季節，光穿襯衫很冷吧。」

「是從哪裡被載過來，在這裡被殺害嗎？」

植松抓住正在收拾善後的鑑識人員問：「是在這裡遇刺嗎？」

那位經驗老到的鑑識人員跟植松很熟，也認識宇田川。只見他回答：「從殘留的血液來看，應該是在別的地方。」

「所以是遇刺以後才被搬來這裡嗎？」

「應該是。」

「既然如此，就需要車子了。」

「什麼都瞞不過你的法眼，的確採集到幾個輪胎的痕跡。」

在一旁聽他們討論的名波係長說：「應該沒有多少車子會開進這裡。」

植松代為回答：「但應該還是有工作用的車輛會開進來……」

植松四下張望，宇田川也學他左顧右盼。

岸邊並排著幾艘在運河上作業的小船，船身兩側各有一排輪胎，看起來雖醜，但很實用。

轄區的強行犯係也在現場。

名波係長問轄區的係長：「發現遺體的人是？」

「小船的作業員。」

「可以向他問話嗎？」
「現在機搜正在問……」
轄區的係長指著兩名機動搜查隊員，以及身穿作業服、站著說話的男人。
「植松警官和宇田川去問話。」
「了解。」植松應允。
兩人走近一看，機動搜查隊員的神情有些緊張。由於是以體力決勝負的任務，機搜隊員都很年輕。為了能在第一時間趕到案發現場，他們會開著機搜車以輪班的方式不斷巡邏。
機搜隊可以說是進入搜查一課的捷徑。
「我們是一課殺人班的植松和宇田川。這位是發現遺體的人嗎？」
「是的。」其中一位機搜隊員回答：「這位是高井茂先生，現年四十八歲。」
植松問高井：「請問你是下午五點左右發現遺體嗎？」
高井被太陽曬成古銅色的臉轉向植松回答：「對。五點過後吧，我在小船上工作的時候，發現有東西浮在那裡。一開始是先注意到血的顏色。」

「周圍不是很暗嗎？」

這個時節，太陽大約五點就下山了。

運河一帶位於建築物後方，天空想必暗得更快。太陽下山時，應該已經很難辨明了。

「對呀，已經變得很暗了……。所以我一開始注意到的是海面的顏色。」

「海面的顏色……？」

「沒錯。靠岸時我會留意周圍的情況，當時感覺到海面呈現奇妙的顏色，怎麼紅紅的，沒多久就發現那是血的顏色，然後就看見有個東西浮在水面上。」

「屍體嗎？」

「沒錯。」

「你剛才說你在船上工作，請問你從幾點開始工作？」

「從早上開始。」

「可是卻下午五點才發現遺體？」

「工作的時候，誰會去注意海面啊。如你所見，這排小船都挺大的不是嗎？屍體就藏在這裡面，所以看不見。」

「小船平常都固定綁在這裡嗎？」

「放在那台起重機上的小船已經棄置在這裡很久了，其他小船也很少出航。」

「被害人好像是先被載到這裡，才被推進運河，你可曾留意到這一點？」

「這我哪知道啊，我只是發現浮在水面上的屍體而已。」

「沒有任何不尋常的事嗎？」

「不尋常的事？例如什麼？」

「什麼都可以。」

「沒有，我什麼也沒發現，因為這裡又不是我的工作區域。」

「也沒有聽到聲音嗎？」

人體被推下水時，照理說會發出相當大的水聲。

高井搖頭：「沒有，沒聽見。」

「這樣啊……。謝謝，非常感謝你的合作。」

「合作是沒問題，可是為什麼同一件事要問那麼多次？我是基於好心才報警，感覺卻像被審問。」

植松向高井解釋：「真不好意思，重複請教同樣的問題是為了得到確認。」

「確認嗎……」

「因為如果以不確定的線索進行搜索，可能會抓錯犯人不是嗎？」

高井的氣焰消失了。

「千萬別抓錯人。」

植松向高井和機搜隊員道別，轉身離開。宇田川寸步不離地跟著他。

植松回到名波係長跟前，向他報告剛才從高井口中打聽到的事實。其他人也在旁邊聽。

聽完植松的報告，名波係長說：「下午五點過後接到通報……。這一帶船隻的往來看來十分頻繁，遺體不太可能一直泡在水裡沒被發現。」

「發現者說是被噸位比較大的小船遮住。」

植松望向岸邊，有一排巨大的小船。

「如果是掉在那些船之間，過了一段時間才發現也沒什麼奇怪的。」

「那麼被害人是在遺體被發現更早之前，就被推進運河了。」

大概是聽到名波與植松的交談，先前的資深鑑識人員說：「從遺體的狀態來看，似乎已經在水裡泡了很久。」

名波聞言說道：「看上去的確是那樣沒錯。」

植松問鑑識人員：「你認為大概泡了多久？」

「不知道，這要問驗屍的人。」

「就你的經驗來判斷呢？」

「我不能給你不確定的答案。」

「我會再比對驗屍結果。」

「這樣啊……。我猜泡在水裡半天了。」

植松看著名波係長說：「如果是發現遺體的半天之前，大概就是黎明前的時間。」

「那段時間這一帶根本沒人，也別想有目擊證人。」

話說回來，用刀刺殺男人，再用車子載到此處，從岸邊推落運河，手法相當殘忍。

宇田川對植松說：「我認為這是專業的手法。」

「是嗎……」植松說道：「最近的不良少年著實喪心病狂，小混混的手法有時候比黑社會的成員更凶殘。」

「如果是小混混，應該是痛毆被害人致死。可是目前看下來只有一道穿刺傷，而且還把被害人推進小船與小船之間不容易發現的地方，手法看來十分俐落……」

「哦，小子也開始會判斷了。」名波係長告誡宇田川：「不可以妄下論斷。」

「是。」

「不過，我認為這是不錯的著眼點。」

轄區的係長問名波：「我們可以把死者運走了嗎？」

「送去高輪署嗎？」

「不是，是臨海署。港南一丁目到四丁目是高輪署的管轄範圍，只有五丁目是臨海署的轄區。」

「我記得你以前待過警視廳本部？」

「很久以前了，後來調到臨海署當係長。」

「我是殺人犯搜查第五係的名波，你是？」

「我是臨海署強行犯第二係的相樂。」

「案子應該會成立搜查總部，我想我們也會去臨海署打擾。」

相樂係長點點頭，轉身離開。

相樂比名波年輕許多，恐怕年僅三十五歲到四十歲出頭而已。轄區係長的官階應該是警部補。名波則是本部的係長，所以是警部。儘管如此，相樂的語氣並不恭敬。

或許有人會認為這是很大的問題，但宇田川並不在意，反而覺得充滿幹勁的相樂很可靠。

驗屍官也隨遺體一起前往臨海署。

機搜隊員聚集在名波係長面前。

「以下報告已經確認的事。」

詳細地交代了發現遺體的人，其背景與聯絡方式。

發現遺體的來龍去脈。

還沒找到目擊證人等等。

報告完畢後，機搜隊員說：「那麼我們就先告辭了。」

機動搜查隊會在第一時間趕到案發現場，等轄區或本部的調查員抵達，就由後者接手，他們則繼續去巡邏。

名波係長說：「辛苦你們了。」

機動搜查隊員離開後，名波係長交代係員們：「去附近打聽消息。現在是晚上六點半，八點鐘在臨海署集合。」

時間不多，調查員以兩人一組的老陣形開始打聽。

小船和岸邊工程的作業皆已結束，但是在場的工作人員都被要求留下來。

兩組四人依序向他們問話。

植松看著運河的對岸說：「對面好像有步道。」

他說的沒錯，對面的岸邊並不是船塢，而是高聳的岩壁，岩壁上長滿了樹木。

「好像是。」

「去對面看看。」

「不開車有點吃力。」

運河上有三座橋，分別是南邊通往品川區八潮的橋、連接天王洲島的橋、以及橫跨到對岸港南四丁目的橋。

然而，這三座橋都離現場很遠，步行至少得足足花上二十分鐘。

「真是的，最近的年輕人動不動就想開車，刑警是靠雙腳走出來的工作喔。」

「那要走過去嗎？」

植松看了看周圍說：「借一輛開進這裡的偵防車來用用吧。」

結果還不是要開車。

宇田川在心裡犯喃咕。

兩人走向停在一旁的便衣警車。車子都停在封鎖線外。

植松和宇田川一靠近車輛，記者就蜂擁而上。

記者們的問題如雪片般飛來。

「是殺人案嗎？」

「被害人的身分是？」

「已經鎖定凶手了嗎？」

感覺記者比刑警更加濫用偵辦的黑話。

植松與宇田川什麼也不能回答，記者應該也沒期待他們會回答，只是以明知不可為而為之的僥倖心理發問。

看到刑警就想問問題，好像已經變成習慣了。儘管明知是白費力氣，但或許一百次會有一次，不對，是一千次會有一次能得到什麼情報也說不定。

記者期待著奇蹟發生，持續徒勞無功的努力。

宇田川坐進駕駛座，植松坐進副駕駛座。但記者依舊圍住車子，不肯散開。宇田川按喇叭，一寸一寸地發動車子前進。

開上480號國道，左轉過橋，把車子停在車道上，徒步走到案發現場的對岸。

「距離還挺遠的呢……從這裡看不清楚對岸發生什麼事……。」

植松盯著幽暗的對岸說道。

宇田川也表示同意：「看樣子是的……」

植松回頭仰望矗立在背後的高樓大廈。

「這裡有一棟大樓呢。」

「是的。」

「去問住在裡面的人吧。」

「不曉得有幾戶人家……」

「有幾戶人家都無所謂，這就是刑警的工作。」

總之兩人分工合作，先從位於頂樓，面向案發現場，有陽台的房間開始問起。

問了三十分鐘左右，沒得到任何目擊情報。

植松走向宇田川。

「時間不夠了，先撤退吧，搜查總部應該也會來問這棟大樓的住戶。」

「了解。」

宇田川和植松回到剛才停車的地點，載了其他調查員，一起前往臨海署。

調查員全都聚集在臨海署的大會議室裡，桌椅還沒搬進來，有人站著講話，也有人坐在地上圍成一圈。

情報的交換已經開始了。

名波講完電話後說：「決定成立搜查總部了，搜查一課課長很快就會過來。」

這句話儼然是一個暗號，鐵櫃辦公桌、長桌、折疊椅等陸續搬進大會議室。

恐怕要等到明天早上才會拉電話線或架設無線電吧。宇田川心想。今時不同往日，大家都有手機，電腦也可以無線上網，不用再心浮氣躁地等搜查總部設置電話或網路線。

坐在地上的調查員移動到長桌前面。

目前大會議室的成員分別是宇田川隸屬的殺人犯搜查第五係和臨海署的強行犯第二係，加起來不到二十個人。再加上管理官及幹部、以及負責庶務及聯絡的人員，共三十人左右。

若不再繼續增員，便屬於小規模的搜查總部。

晚上八點五分左右，田端守雄搜查一課課長和臨海署署長雙雙現身，所有的調查員都站起來迎接他們。

統籌殺人犯搜查第四係與第五係的池谷陽一管理官也一起抵達。

一落座，田端課長就說：「被害人的身分是？」

名波立刻回答：「還不清楚。」

「聽說是刺殺？」

「正確地說，是遇刺後還一息尚存之時被推進運河裡。」

「發現遺體的地點是犯案現場嗎？」

「研判是先在別的地方遇刺，再搬運到遺體發現地點的可能性比較大。」

臨海署署長說：「犯案時刻呢？」

「驗屍的結果還沒出來，所以什麼都說不準……」

「喂喂喂，這點只要看過遺體就能知道吧。」

臨海署署長的名字叫野村武彥。

有些署長很安分，就跟裝飾品一樣，但他似乎不是那種署長。江湖傳言實際掌管警署的通常是副署長，但野村署長顯然不甘只當個裝飾品。

大概是凡事身先士卒的那種人。

名波係長慎重地回答：「因為遺體或許已經在水裡泡了半天，如果是這樣，犯案時刻可能是凌晨。」

「監視器的畫面呢？」

臨海署的相樂係長負責回答這個問題。

「目前正在處理中。」

野村署長滿意地點點頭。

田端課長說：「本搜查總部以三十人的體制開始偵辦。人手稱不上充分，所以請注重效率。那麼就馬上分頭進行吧。」

不眠不休的搜查開始了。

宇田川做好心理準備。

3

晚上八點半左右，調查員再度出去明察暗訪。

被植松說中了，有三組共六名調查員奉命前往位於案發現場對岸的大樓打聽消息。

宇田川和植松也是其中一組，所以他們又繼續在大樓裡打聽。告訴其他四人已經在不久前問完話的住戶是哪些，再分頭行動。

跟剛才一樣，依序拜訪每一戶。

「我看到車頭燈了。」

拜訪了十戶以後，終於得到中年男子的證詞。

植松問他：「車頭燈嗎？」

「沒錯。我起來上廁所的時候，從陽台看到對岸的車頭燈，想說這個時間居然還有車子經過那一帶，真稀奇。」

「平常都沒什麼車子經過嗎？」

「施工或作業用的車子倒是經常在那裡進進出出的，但頂多只到傍晚，很少會在半夜看到。」

「你在幾點左右看到車頭燈的光？」

「凌晨五點左右。」

「知道是什麼車嗎？」

「不知道，天色那麼暗，無法分辨車種或顏色。不過，我猜是私家車，而非作業用的卡車。」

「為何會這麼想？」

「從車頭燈的位置和形狀，不是就可以看得出來嗎。」

「原來如此。請問還有其他比較特別的地方嗎？」

「沒有了。就連車頭燈的事，你不問我都忘了……」

植松看著宇田川的臉，無言地問他有沒有什麼要問的。

宇田川搖頭。

植松向對方道謝，結束詢問。一走出家門，就打電話給名波係長，向他報告車頭燈的目擊情報。

掛斷電話，走向下一戶人家。此後再也沒有得到任何的有力線索。

晚上十點半左右，三組調查員已經問完所有的住戶，決定明天早上再來拜訪沒人應門的房間，宇田川等人返回搜查總部。

一抵達便立刻走向管理官的座位。池谷管理官、名波係長、臨海署的相樂係長都在。

這時，宇田川才知道其他兩組拜訪高樓層的組員也得到同樣的情報。

池谷管理官說：「以凌晨五點看到車頭燈的線索為基礎，解析現場附近的監視器畫面，結果找到這輛車。」

出示印在A4大小紙張上的照片。

畫質有點模糊，但大致看得出來是黑色系的廂型車。

「已經委託SSBC進行仔細的解析了，應該很快就能鎖定車種。順利的話，還能判別車牌號碼也說不定。」

SSBC是警視廳本部「搜查支援分析中心」的簡稱，是專門解析影片、照片、以及分析電子情報的單位。

只要知道車牌號碼，就能知道車子的擁有者。要是被N系統（註：自動車牌號碼讀取裝置）拍到，還能知道在何時行經哪個路段。

植松問道：「知道凶器是什麼了嗎？」

池谷管理官回答：「據驗屍官說，從傷口的形狀來判斷，可能是雙面刃的刀子。傷口的深度約二十公分，因此至少是刀身二十公分以上的傢伙。」

名波係長補充：「現場附近沒找到凶器。」

大家都已經知道死者是在別的地方遇刺，但是確認這一點也很重要。

唯有把微不足道的事實層層堆疊起來，才能看見真實。

「從形狀來看，應該是匕首。」臨海署的相樂係長說道：「是槍砲彈藥刀械管制條例禁止攜帶的刀械。」

媒體報導經常以「短刀」指稱這種雙面刃的刀械，但正確的說法其實是相樂係長口中的「匕首」才對。

植松說道：「如果是匕首，就應該把專業殺手的可能性也考慮進來。」

相樂係長不以為然。

「誰持有匕首都不奇怪吧，尤其不良少年更是想拿到手。」

植松對這句話提出異議：「只有一個傷口，而且看樣子是從心窩往上捅，這是知道刀子可以刺到心臟才會這麼做。既然如此，是專家幹的可能性就很大了。」

「也有可能只是偶然。」

總是冷靜沉著的名波為他們的辯論畫下休止符：「目前的判斷資訊還太少，兩種可能性都要列入考慮。」

池谷管理官說：「就是這樣，總之先蒐集所有可以收集到的線索。」

交代完這句話，眾人原地解散。

已經晚上十一點了。

植松說：「肚子好餓啊。」

這麼說來，才發現還沒吃晚飯。一旦開始窩在搜查總部，忘記吃飯就成了家常便飯。

「這個時間還開著的店也很有限吧。」

「外出也麻煩，去拿便當來吃。」

「是。」

走向裝有外帶便當的塑膠容器，裡頭還剩下好幾個臨海署準備的便當。

宇田川拿了兩個便當，走到植松的座位。

接著再去倒茶。以前不是把麥茶裝在茶壺裡，就是用熱水瓶的熱水泡茶，但現在都改成瓶裝茶和用完即丟的紙杯。

宇田川坐在植松旁邊開始吃便當。

飯已經冷透了，但所謂便當就是這種食物。

植松喃喃低語：「臨海署的係長對專業殺手的看法很慎重呢。」

宇田川回應：「好像是。不過名波係長說的也沒錯，想像犯人的模樣還太早。」

「嗯，但想像也很重要喔。若不粗略決定調查的方向，有再多的時間和人手都不夠。」

「是這樣沒錯啦……」

「你怎麼看？」

「像我這種人的猜測，不值得參考。」

「你是這麼謙虛的人嗎？別裝了，想到什麼就說出來聽聽。」

宇田川以為自己已經很謙虛了。

「就像我之前說的，我覺得凶手的手法很俐落，而且毫不留情，給人只是冷靜地完成工作的印象。」

「也就是說，你也認為是專業殺手幹的？」

「可以這麼說。」

「……既然如此，大概跟丸B有關。」

丸B是暴力集團的意思。媒體都稱暴力集團為丸暴，但警方通常以丸B代稱。

另外，稱為丸暴的時候，多半不是指暴力集團成員，而是指負責偵查暴力集團的調查員。

「大概吧。」宇田川說道：「但不是抗爭，應該是有什麼過節，所以被除掉了。」

「主要是金錢的糾紛吧。」

「倒也不盡然。也有可能是丸B犯了什麼錯，才被做成消波塊。像是對老大的女人出手……」

「再不然就是與藥物買賣有關的糾紛……」

宇田川自己也知道這種對話很危險。對刑警來說，推理固然不可或缺，但是也要小心預測所帶來的風險。

「大小姐跟你聯絡了嗎？」

突然改變話題，宇田川愣了一下。

「沒有……」

「你知道她去了哪裡嗎？」

「不知道。」

「問特殊班的人，他們也不會回答吧……」

「大概是特別的訓練吧，我想沒什麼好擔心的。」

植松笑著調侃：「擔心的不是我，而是你吧。」

「我並沒有擔心啊。」

「要對刑警說謊嗎？」

「我也是刑警啊，而且也沒說謊。只是……」

「只是什麼？」

「不是擔心，只是有點在意。」

「那就是擔心的意思啊。要請土岐幫忙查探一下嗎……」

「不用了，沒那個必要吧。她受完訓就會回來了……」

宇田川邊說，心裡邊閃過一抹不安。

「要盡量消除讓人不安的因素，否則無法集中精神辦案的話，可能會在不該出錯的地方犯錯。」

「就算是土岐警官，也無法向特殊班問出祕密的訓練基地吧。」

「不，那傢伙一定有辦法問出些什麼。」

這倒是，感覺的確可以對土岐有這樣的期待。

吃完便當，宇田川問植松：「要出去查訪嗎？」

「不，趁現在先問清楚驗屍的結果。」

「不是會在明天早上的調查會議發表嗎？」

「這種事還是早一點弄清楚比較好。」

植松再次走向管理官的座位，宇田川跟在他身後。
看到他們兩人，名波係長招呼：「來得好，我正想叫你們。」
植松反問：「什麼事？」
「要換搭檔了。今天是為了便宜行事，才姑且以平常的組合行動，但搜查總部本來應該要由本部的調查員和轄區的調查員搭檔。」
「我們要分別和臨海署的人搭檔嗎？」
「沒錯。」臨海署的相樂係長說：「而且規定由菜鳥和老鳥組成。植松警官請和我們家的新人日野巡查組隊，宇田川則是和荒川巡查部長搭檔。」
植松說：「那兩位現在人在哪裡？」
相樂係長回答：「當然是去查案啊。」
言下之意似乎是在指責植松他們還留在搜查總部。
相樂係長比植松年輕許多，植松就算被激怒也不奇怪，但他不動聲色地說：「那等他們回來，再幫我們介紹一下。」
「沒問題。」

名波係長問植松：「來找我有什麼事嗎？」

「我想請教驗屍的詳細結果……」

名波遞出文件：「這是明天早上的搜查會議要公布的資料。」

「我看一下。」植松接過文件。

相樂係長出言阻止：「請等一下，情報的分享是否能公平公正公開……」

名波一臉詫異地看著相樂係長，說：「這什麼意思？」

「開會前先讓搜查一課的調查員知道驗屍報告，有點不公平。」

宇田川聽得目瞪口呆。

又不是媒體搶新聞，誰先得到情報並不會有任何問題。

會不會把本部搜查一課與轄區的差別看得太重了。

宇田川還在轄區的時候，其實也多少有過這樣的想法。搜查總部一旦成立，轄區員警通常就會淪為「帶路人」。

也就是說，偵辦的主導權掌握在警視廳本部的搜查一課手裡，轄區的調查員只能提供協助。

搜查一課的成員的確有所謂的菁英意識，西裝的領口也別著S1S（註：搜查一課的英文縮寫）的徽章。

然而，搜查一課的成員也都經歷過轄區員警的時代，不會瞧不起轄區員警。

硬要說的話，其實是轄區員警比較常把「轄區是帶路人」這句話掛在嘴邊。

說不定相樂也是站在轄區員警的立場，反應過度了。

可是，等一下——宇田川心想。

相樂說他曾經待過本部的搜查一課，然後才「升官」成為臨海署的係長。從他的經歷來看，他應該很清楚這些內幕，不可能胡思亂想。

名波也大惑不解地說：「這沒什麼問題吧，本來就是明天早上要讓所有調查員知道的情報，又不會洩露給記者知道。」

「情報應該進行徹底的管理。」

「話是這麼說沒錯……」

池谷管理官幫忙打圓場：「應該盡快讓調查員知道搜查情報，不需要齊頭式的平等。」

「我的意思是，這樣可能不太公平。」

池谷管理官說：「不公平……？哪裡不公平了？」

「早一步得知情報的人，立功的可能性也比較高。」

誰的功勞有這麼重要嗎？

宇田川覺得疑惑，以他的性格，這種時候肯定無法悶不吭聲：「破案才是重點，由誰立功根本是其次吧！」

相樂看著宇田川說：「調查員是以互相競爭的認真程度在辦案，成績斐然的調查員受到讚賞不是理所當然嗎。」

宇田川明白了。

相樂係長堅持的點並非本部搜查一課與轄區的差別，而是誰輸誰贏的問題。

池谷管理官說：「切磋琢磨固然重要，但是爭功諉過又有點過頭了。而且又不是運動，不需要制定規則，務求公平。」

「我明白了。」相樂係長說道：「那份文件可以給植松警官過目，可是等荒川和日野回來，也要給他們看。」

植松對相樂說：「沒問題，大家一起看。」

這時，從幹部的座位區傳來關切之聲。

「發生什麼事了？」

是臨海署的野村署長。

相樂係長立刻回答：「沒事。」

野村署長並未深究。

「不如我們先離開吧。」

這句話是對搜查一課課長說。

田端課長點頭：「說的也是。那就明天的搜查會議再會……」

野村署長與田端課長站了起來，於是管理官及係長、還有現場所有的調查員全都起立。

待兩人離開後，植松對宇田川說：「在我們的搭檔回來以前，先來研究驗屍報告吧。」

「好。」

植松和宇田川離開管理官的座位，走向調查員的位置。

4

根據驗屍報告，侵入肺部的水確定是遺體發現地點的海水，量並不多，可見被害人下水時幾乎已經失去意識。

比起溺死，在瀕死的狀態下被棄置於水中比較接近實情。

穿刺傷從心窩直達心臟。如同宇田川的見解，這應該是專業的手法。

如果想刺中心臟，外行人通常會瞄準胸部。但心臟上方有堅硬的胸骨保護，肋骨也很礙事。

從沒有肋骨擋住的心窩刺入，刀尖就能直達心臟。知道這點的肯定是專家。

從傷口來看，凶器是雙面刃的刀子。再從傷口的深度來判斷，相樂說的沒錯，應該是用匕首。

國外經常用匕首殺人，原本在日本國內不容易弄到這種凶器，但最近上網就可以買到。

這是個萬事萬物都能從網路上弄到的世界，宇田川平常也會上網購物。幹刑警這一行，很難有時間去買東西。可以輕易地用智慧型手機買東西，簡直方便到令人感動。

應該有許多人都受過網路的關照。另一方面，也有很多人會利用網路犯罪。

如同可以輕易買到國外的東西一般，也可以向國外購買違反國內法律的東西。

每年利用網路交易的麻藥、興奮劑及大麻的銷售額非常驚人。

另外，包括DVD等猥褻出版品在內，商店裡買不到的東西都在網路上買賣，刀子也不例外。

網路這種東西本來就是水能載舟、亦能覆舟。方便與危險其實是一體兩面。

被害人的年齡介於二十歲到二十五歲之間，頭髮染成咖啡色，衣服穿得很隨興，看來顯然不是正人君子。

他是犯了錯被解決掉的小流氓。

宇田川認為這個推理或許沒錯。

「讓你們久等了。」

宇田川聞言，抬起頭來。面前站著兩個男人，一個五十多歲，一個很年輕，看起來跟宇田川年紀差不多。

宇田川一旁的植松說：「是荒川部長和日野巡查嗎？」

五十多歲的男人點頭：「是的。我是荒川，這傢伙是日野。聽說我的搭檔是宇田川，和日野組隊的是植松警部補……」

植松點點頭：「請多多指教。」

「彼此彼此，請多指教。」

宇田川輪流端詳荒川和日野。荒川看起來就是老練的刑警，被太陽曬得很黑，已經有了白頭髮。

日野則是十分有幹勁的刑警，眼神充滿挑釁意味。萬一跟宇田川搭檔，肯定會打起來吧。

之所以讓老鳥與菜鳥組隊，便是為了避免這種情況發生。年齡相近的人搭檔，很容易打成一片，但是也免不了衝突。

植松詢問兩位臨海署調查員的年齡，荒川小植松一歲，日野小宇田川三歲。

誰比較年長在警察組織至關重要。年齡有時候比階級還重要。植松的年齡和階級都在荒川之上。只要事先確認過這一點，就能決定今後如何相處。也能確認在這四個人當中，將由植松掌握主導權。

「二位打聽了好久啊。」植松說道：「有什麼發現嗎？」

日野搶在荒川回答前先聲奪人。

「已經向係長報告過了。」

「向誰報告都一樣吧。」

「上頭交代，一定要直接向相樂係長報告。」

這傢伙果然很難相處——宇田川心想。看樣子是空有幹勁、不知變通的人。

「不好意思啊，我們家的係長對這種事很要求。」

荒川打圓場，試圖緩和變得尷尬的氣氛。

植松說：「聽說臨海署很團結。」

「每個警署都一樣吧，轄區警署就是這種地方。」

「不只一個人說過，其中又以臨海署的強行犯係特別團結。」

「那是指第一係吧。正因為會被拿來跟第一係比較，我們係長動不動就燃起對抗的火苗。」

「好像是呢，對我們搜查一課也針鋒相對。」

「有時候也會帶來好的結果就是了。」

「我懂。……那麼，可以請你告訴我，你們向相樂係長報告的事嗎？」
荒川想了一下，緩緩開口：「有人在凌晨五點左右聽到巨大的水聲。」
植松皺眉：「是誰說的？」
「現場附近的食品加工廠警衛。是由保全公司派來的警衛，年齡為六十二歲。」
「時間呢？」
「凌晨五點三分。」
「好精準啊。」
「那個警衛說他習慣發生了任何事都要看錶。」
「聽到水聲後，習慣性地看時間嗎？」
「沒錯。現在過了六十歲的老人家都很耳聰目明。」
「真希望我們也能變成那種老人。」
荒川聳聳肩。
「而且那個警衛在那之後，還目擊到從現場方向開過來的車從他眼前經過。」

「有看到車牌號碼嗎？」

「看到了。因為只有四個數字，所以不難辨識。」

「只要跟監視器拍到的車輛一致……」

「特徵是一致的。經過的時間與方向也一樣，可以視為同一輛車。」

「那麼就能利用N系統來鎖定車主了。」

「就是這麼回事。已經交代下去了。」

「真是太棒了。相樂係長一定很高興吧。」

「可是還沒有證據足以證明警衛看到的車和監視器拍到的車是同一輛。檢察官肯定會要求更確實的物證。」

「只要扣押那輛車，就能找到物證。」

荒川點點頭，壓低聲音說：「我們係長反對拆散原來的搭檔，和你們警視廳本部的人組隊。」

「原來如此……因為這麼一來就無法區分是轄區還是本部的功勞。」

至今始終靜靜地聽植松和荒川交談的日野開口：「我也贊成係長的意見。透過競爭，可以讓實力發揮到淋漓盡致。」

植松對日野說：「就算不透過競爭，也能發揮實力。我認為競爭的缺點還比較多。一旦開始競爭，就會深怕別人知道自己的情報。搜查總部採取的是人海戰術，要在短期間內讓所有人動起來，才能收到成效，顯然是大家同心協力比較有效率。」

日野反唇相譏：「這種話請你去跟係長說。」

「說的也是，我會找機會跟他說的。」

日野似乎被植松的回答嚇了一跳。對他而言，相樂係長是很重要的頂頭上司，或許他沒想到居然有人敢對他的上司提出反對意見。

然而，植松的年紀比相樂係長還要大得多，階級也一樣，就算提出反對意見也沒什麼好不可思議的。

只要有必要，植松真的會這麼做。

荒川說：「日野就是這副德性，還請多多關照。」

「好的，也請你多多關照我們家小子。」

「小子？」

「我都這麼叫他。」

荒川說：「我也可以跟著叫嗎？」

宇田川回答：「無所謂，但是請日野巡查不要這麼叫我。」

荒川笑著說：「那當然，要好好地稱呼宇田川警官喔。」

植松告訴其他人：「今天算是小有收穫，我要去休息了。」

荒川點頭附和：「我也想休息了，體力不比年輕的時候囉。」

植松對宇田川說：「小子也去休息吧，很快就會連睡覺的時間也沒有。」

「是。」

宇田川完全明白植松這句話的意思。不趁著能睡覺的時候多睡一點，肯定會後悔。

日野說：「我還不睏，晚點再睡。」

好年輕啊。雖然只差了三歲，但宇田川覺得日野還很年輕。

鑽進鋪在柔道場上薄薄的被窩，宇田川打算多多少少睡一下。

聽說從這點也能判斷是否適合當刑警。什麼地方都睡得著的人才能存活下來，成為優秀的刑警。

睡不著的人在辦案時的注意力比較不集中，也沒有體力，還有人會出現精神上的毛病。

起初精神抖擻地來搜查總部報到的調查員如果逐漸失去活力，多半都是因為沒睡好。

一旦被徵召到搜查總部，就別想有充足的睡眠時間，所以關鍵在於能不能在有限的時間內熟睡。

宇田川屬於隨時隨地都能倒頭就睡的人，在移動的交通工具上也經常睡著。

搜查總部成立時，不分部屬，大部分都是像現在這樣，把被子鋪在柔道場的榻榻米上睡覺。

雖然調查員都在這裡睡覺，但睡起來絕對稱不上舒服，比較神經質的人通常會輾轉反側難以入睡，不過宇田川總是很快就睡著了。
也有人多訓練幾次就能安然入眠，宇田川認為這是與生俱來的性格或體質的問題，他很感謝父母把自己生成這種性格和體質。
躺下來，大石立刻浮現腦海，倒也不是情情愛愛的關係。
他認為大概不是那種關係。
然而，自己無疑對大石有好感，否則不至於只因為見不到她或聯絡不上她就耿耿於懷。
植松要請土岐幫忙查探時，宇田川認為沒有必要，結果這件事就不了了之。
為什麼要說沒必要呢？事到如今，宇田川後悔得要命。難得植松主動說要請土岐幫忙，應該接受他的好意才對。
明天再找植松商量一下吧。
話說回來，大石人在哪裡呢？警察是充滿謎團的組織，即使置身其中，還是有很多不明白的事。

尤其是警備、公安部門，祕密又更多了。

特殊班在刑事部內也是有很多祕密的單位，調查員極端排斥長相曝光，以前報紙曾經登出拍到特殊班女性調查員長相的照片。

照片拍的其實是被害人，只是不小心一起被拍了進去，結果那位女性調查員馬上被踢出特殊班。

警備部的特殊部隊SAT（註：Special Assault Team的縮寫）也不願以真面目示人，但是稱為SIT的特殊班比SAT更不想曝光。

大石就隸屬於這種特殊班。

總覺得她突然銷聲匿跡，不是單純為了實習或訓練，該不會是有什麼特殊的任務？

植松說大石在特殊班的訓練中獲得極高的評價，或許因此被委以重任。

如果是大石，一定能順利完成任務。

宇田川想著想著，翻了個身，沒過多久，就跟平常一樣沉沉睡去。

搜查總部一早就兵荒馬亂。

幹部還沒到，看看時鐘剛過早上六點。

宇田川洗把臉，走進搜查總部。走向不知在討論什麼的植松和日野。

「出了什麼事嗎？」

植松說：「已經知道那輛車的車主是誰，N系統也拍到了。」

「掌握住對方的足跡了嗎？」

「我也才剛聽日野說。」

宇田川將視線轉向日野，日野接著說：「早上接獲通知，那輛車離開港南五丁目的案發現場後，開上480號都道，轉進舊海岸通，繼續往國道1號前進，從赤羽橋左轉，記錄到麻布十番那一帶就斷掉了。」

宇田川趕緊記下來。

「車主是誰？」

「堂島滿，四十二歲，地址是港區麻布十番二丁目……」

住在名為「十番太陽廣場」的大樓裡。

植松說：「問題是，比起車子開往何方，更重要的是從哪裡開來。」

宇田川同意。

「因為抵達現場的時候，被害人也在車上。」

日野說：「好像是沿著同一條路線抵達現場。」

這時，荒川來了。他大概是一醒來就能馬上行動的人，不見睡眼惺忪的模樣，這也是刑警需具備的資質之一。

「好熱鬧啊，發生什麼事了？」

日野立刻把對宇田川他們說的話重複一遍。

荒川說：「你有好好睡覺嗎？」

「有，我扎扎實實地睡了三個小時。」

「調查員已經去麻布十番了？」

「接下來才要去。我猜上面很快就會做出指示。」

如他所言，池谷管理官不知對名波係長說了什麼，名波看著植松和宇田川說：「來一下。」

「是。」植松回答。

相樂係長心浮氣躁地說：「荒川警官和日野也過去。」

四人走近管理官的座位。

池谷管理官對植松說：「你聽說車主和N系統的事了？」

「聽說了。」

「去找車主，確認車子的所在位置。」

「要派幾名調查員前往？」

「就你們四個。」

「不能再多一點嗎？我認為那是很重要的點……」

「我也想多派幾個人，但搜查總部的規模就這麼小，沒辦法再多了。可以請轄區的地域課幫忙，彌補人手不足的缺口。」

「了解。」

「馬上去。」相樂係長交代：「已經準備好臨海署的偵防車了，開車過去吧。」

宇田川認為不起眼的車子比較好。不敢要求太多，只求不要太顯眼。調查有時候也必須低調地採取行動，需要外觀與一般車輛無異的警車。

看到準備好的車，宇田川鬆了一口氣。是隨處可見的銀色轎車。如果是這種車，一點都不顯眼。

四人立刻跳上偵防車。

由日野負責開車。基本上都是由資歷最淺的新人負責開車，他大概是東京灣臨海署強行犯第二係裡資歷最淺的菜鳥。

旋轉式信號燈是從副駕駛座拿出來安裝在車頂上那種類型。

是由日野開車，因此他在搜查總部的搭檔植松坐在副駕駛座，荒川則坐在宇田川旁邊。

植松轉頭對全車的調查員說：「依照管理官的指示，去拜訪車主堂島之前，要先確認車子的所在位置。我和日野去找他，荒川警官和宇田川負責備援，以防他逃走。可以嗎？」

「了解。」宇田川回答。

荒川默默點頭。

沒多久，偵防車開到新一之橋的十字路口，這一帶就是麻布十番。四人下車，走向位於麻布十番二丁目的「十番太陽廣場」大廈。

那是一棟面向羊腸小徑的大型建築物。先找停車場。

「找到了。」

荒川說。宇田川等人往那個方向前進。

荒川站在黑色廂型車旁，植松檢查車牌號碼。

「沒錯，就是這輛車。日野，請求支援，扣押這輛車。」

植松已經意識到搜查總部的搭檔對象。日野立即打電話回搜查總部。

植松以一點緊張感也沒有的口吻說：「接下來去會會車子的主人吧！」

荒川說：「我在這裡待命。小子和植松警官他們一起去，從後面包圍。」

「了解。」

植松和日野走向大樓。

宇田川也跟了上去。

5

現在的大樓通常都是自動鎖，「十番太陽廣場」也不例外。玄關有一道厚重的玻璃自動門，旁邊是對講機和數字鍵盤。植松用數字鍵盤輸入堂島滿的房號。六〇二號房。

過了一會兒，對講機傳來男人的聲音。

「是哪位……」

植松說：「不好意思，我們是警察，可以請教你幾個問題嗎？」

「警察……？有什麼事？」

「可以讓我進去嗎……」

「等一下。」

又過了一會兒，鈴聲響起，聽得出來是門鎖打開了。植松一站在門前，門就自動開啟。他直接走進去，日野跟進。

搭電梯到六樓。宇田川依照荒川的指示，與植松及日野拉開一段距離，在梯廳通往走廊的轉角處待命。

梯廳有一扇連接樓梯的鐵門，只要守在這裡，萬一堂島滿想逃走，就能擋住他的去路。

植松按下門鈴，等了好一會兒，都沒有人應門。

植松再按一次門鈴。

植松敲門。

「堂島先生，我是警察。有事想請教你。」

雖然有段距離，還是能清楚聽見植松的聲音。

植松把手放在門把上。門開著，沒有上鎖。

植松轉向宇田川大聲說：「小子，我們錯過了。他走樓梯下去了！」

「了解，我馬上下去。」

宇田川立刻衝向樓梯，往下跑。

堂島肯定是講完對講機，解除自動鎖之後，就立刻逃走了。

植松還在房門前守著，因為堂島也有可能潛伏在屋子裡。

沒有逮捕狀或搜索票，因此不能進門。一旦踏進去，植松就犯了侵入罪。

日野則是往樓上追。

人要逃走時其實不太可能往屋頂上逃。因為不可能像國外的連續劇那樣，從屋頂上跳到隔壁大樓屋頂，更別說會有直升機來接他。

然而，不怕一萬，只怕萬一，還是得檢查一下上方樓層。

宇田川從六樓順著樓梯往下衝。

抵達一樓，不見堂島人影。

鑽出玻璃自動門時，發現有人扭打成一團，其中一人正是荒川。

宇田川衝上前去，試圖壓制住正與荒川格鬥的人，他左邊臉頰的骨頭受到肘擊，頓時眼花了一下。

儘管如此，總算與荒川合力制住對方。荒川對男人上銬。

男人胖歸胖，但個頭高大，難怪就算兩個人一起上，也費了一番工夫才壓制住他。

男人怒吼：「憑什麼上手銬？」

荒川氣喘吁吁地回答：「誰叫你在臨檢的時候突然逃跑。現在是上午六點五十五分。緊急逮捕。沒意見吧。」（註：緊急逮捕是指無令狀逮捕。）

宇田川問他：「你是堂島滿吧？」

對方皺眉：「不要叫得那麼親熱。我做了什麼來著？」

「請你好好地回答我的問題。你是堂島滿吧？」

「對啦。」

讓堂島坐進車子的後座，荒川從另一邊上車。

宇田川打電話給植松。

「怎麼樣？」

「抓住堂島了，剛讓他上車。」

「我馬上下去。」

植松所言非虛，不一會兒就出現在眼前。隔了一會兒，日野也下來了。

「抓到堂島了？」

植松問站在後座車門前的宇田川。

「是的，緊急逮捕。」
日野問道：「是誰抓住他的？」
植松苦笑：「喂，是誰都無所謂吧。」
「不仔細報告不行……係長對這種細節很要求。」
宇田川回答：「你只想知道最先攔住堂島的是荒川警官，對吧？」
日野回答：「是荒川警官對嗎，我明白了。」
植松說：「總之先帶堂島回搜查總部。」
宇田川問道：「堂島的車怎麼辦？看時間，支援差不多快到了……」
「為了保存現場，等支援的人一到，就讓他們拉起封鎖線。請鑑識人員待命，一旦搜索、扣押的令狀下來，就可以開始作業。等鑑識工作告一段落，再把車子運到臨海署，做更詳細的調查。」
「明白。」
「小子留下來，幫忙傳達這些指示。」
「不用跟荒川警官說一聲嗎？」

「我來跟他說。」

植松說完，坐進車子後座，與荒川分別坐鎮在堂島兩側。日野跳上駕駛座，發動引擎，驅車前進。

如同與他們交棒似地來了四個臨海署地域課的人。宇田川按照植松的交代，請他們在車子四周拉起黃色的封鎖線。

然後繼續等待鑑識與令狀到來。

不只是車子，搜索與扣押堂島住處的令狀也下來了。鑑識人員先對堂島的車及四周進行地毯式的檢查，然後才移動到大樓的住處裡。

宇田川讓車子運回臨海署，與帶著令狀的調查員一起走進堂島的屋裡。這裡可能是殺人現場。

屋裡亂七八糟，看樣子有一陣子沒打掃了。堂島貌似一個人住。

宇田川抓住一位完成作業的鑑識人員問：「可有找到這裡就是殺人現場的證據？」

「你的看法如何？」

「我還沒仔細看過現場……」

「死者被刺了一刀。」

「沒錯。是被雙面刃的刀子刺中，傷口直達心臟。」

「如果是在這裡遇刺，應該會血跡斑斑。」

「會不會是在浴室動手殺人，再沖掉血跡……」

「沒出現魯米諾反應。萬一有血跡，就算洗乾淨還是會有反應。」（註：魯米諾反應爲刑事鑑定人員檢測殘留在犯罪現場的血跡所用的方法之一，將化學試劑噴灑在有血跡的地方，與血紅素的鐵離子產生化學反應後，會發出藍光。）

「所以你的意思是，這個房間不是殺人現場？」

「至少沒有人在這裡受到傷口直達心臟的刀傷。」

接下來，宇田川與其他調查員一起在屋子內搜索。

如同鑑識人員所說，沒發現任何與殺人有關的痕跡。

回到搜查總部，宇田川先向池谷管理官報告。

「死者似乎不是在堂島家裡遇害。」

「也就是說，殺人現場是在別的地方？」

「好像是。」

「我明白了。植松在偵訊室，去告訴他這個搜索結果。」

「了解。」

正要走向偵訊室，看到荒川坐在調查員的座位上。

「我還以為荒川警官會和植松警官一起偵訊。」

「那種事就交給本部搜查一課吧。」

「話說回來，您不知道堂島的長相吧，這樣居然還能抓住他。」

「因為他的舉動太可疑了，我立刻上前盤查，結果他想逃走，我馬上撲向他，要是你沒來幫忙，可能就被他脱逃了。」

「不，這是您的功勞喔。」

荒川苦笑說：「我沒有相樂係長或日野那麼在乎功勞。」

「我得去告訴植松警官，堂島家並非殺人現場，死者是在別的地方遇害。」

荒川點點頭：「我在這裡等。」

宇田川轉身離開。

偵訊室的門板上有一扇窗戶，拉上獨特的黑色窗簾。左右各一片，上頭再加一片，某些部分一共有三層窗簾。

宇田川掀開窗簾往裡頭看，對面應該看不見這邊。

看見植松的背影，日野負責記錄。

堂島轉頭面向旁邊。

宇田川敲門，日野立刻起身走了過來。

日野開門問道：「什麼事？」

「我來通知搜索堂島家的結果。堂島的房間裡並未發現血跡及其他與殺人有關的證物。」

「知道了。」

日野丟下這句話，關上門。一副「這裡是我的地盤，生人勿近」的態度。

宇田川聳聳肩，不以為意。

偵訊就交給植松和日野吧。

自己則回去搜查總部。

荒川坐在調查員的座位，心不在焉地盯著天花板。他或許在想什麼也說不定，但看在宇田川眼中就只是發呆。

宇田川在他身旁坐下。

「偵訊好像進行得不是很順利。堂島是何方神聖？」

「他是一家叫『麻布台商事』的公司董事。」

宇田川大吃一驚。

「您早就知道了嗎？」

「怎麼可能……。利用你去搜索他家的時候查的。」

動作如此迅速。荒川乍看之下是個不稱頭的中年刑警，但似乎挺有一套的。

「『麻布台商事』是什麼樣的公司？」

「是一家專門商社，以販賣藥品為主。」

「專門商社……」

荒川看著宇田川的臉：「你對商社有什麼概念？」

「從事進出口貿易的公司。」

「沒錯，從事進出口的公司。那你知道，商社又分成綜合商社與專門商社嗎？」

「綜合商社這個名詞倒是經常聽到。舊財閥旗下的大型商社就是綜合商社吧？」

「沒錯。例如系出舊財閥的伊藤忠或丸紅……。進出口的業務涉及各領域的商社稱為綜合商社。另一方面，專門商社指的是專門在某個領域從事貿易的公司，多半是中小企業，也有不少專門商社是綜合商社或大型製造業者的子公司。」

「『麻布台商事』的規模呢？」

「屬於中小企業，還曾經差點破產。」

「差點……也就是說，並沒有真的破產？」

「沒錯。沒有大型企業保護傘的專門商社，很容易受到不景氣的衝擊或網路上個人進口商的影響而破產。『麻布台商事』也經歷過破產的危機，幸虧得到海外資金的挹注，總算苟延殘喘存活下來。」

「中小企業得到海外資金的挹注嗎……？」

有點意外。

海外的投資客通常只會對前景相當看好的企業投入資金。

「好像是得到美國的資金，但細節還要深入調查才會知道……」

荒川也只能在短時間內查到這麼多。

「堂島是專門商社的董事嗎……他看起來實在不是當董事的料……。」

「雖說人不可貌相……看來得深入調查了。不管是『麻布台商事』，還是堂島本人……」

「明白。立刻展開調查吧。」
「等一下啦。我肚子好餓，正在等便當送來。」
看了看時鐘，才剛過上午的十一點十五分。
「利用調查的空檔在外面吃點什麼吧。」
「外食要花錢。只要待在這裡，就有免費的便當可以吃。」
「話是這麼說沒錯……」
「已經逮住堂島了。而且還不是自願到案說明，而是緊急逮捕，所以不用急。」
話是這麼說沒錯啦……。
可以處理的事就盡快處理，是宇田川的作風。
然而，荒川似乎不是這樣。或許就像他自己說的，他與相樂係長或日野不同，不是那種急功近利的人。
為了這點小事唱反調也很無聊，宇田川決定順著荒川的意思。能省下午餐費的確該心存感激。

荒川說便當是免費的，但也有些搜查總部會向調查員收便當錢。依坐鎮指揮者而異，這回大概是臨海署野村署長的好意。

十一點四十五分左右，外送的便當到了，是幕之內便當。似乎是向固定與警署配合的業者所訂的便當。

宇田川負責倒茶，荒川為之讚嘆。

「本部搜查一課的菁英也會倒茶啊。」

「無論哪個單位，都是由年輕人倒茶吧。這是警界的規矩。」

「真了不起，現在居然還有人認為刑警要倒茶三年……。植松警官教得真好。」

「他還滿老派的。」

「看就知道了。可是啊，老派也不全然是件壞事。他是很優秀的刑警，對吧？」

「沒錯，我是這麼認為的。」

吃完便當，荒川總算願意出發了。

宇田川說：「目的地是『麻布台商事』吧？我記得是在飯倉片町的十字路口附近。」

「不，先去麻布署。」

「麻布署嗎……」

「先去向組對課打聽一下。」（註：組對課全名為組織犯罪對策部，是日本的警察組織中，專門處理黑道、槍械及違法藥物的買賣、在日外國人犯罪的內部組織之一。）

「您懷疑『麻布台商事』有問題嗎？」

「有沒有問題不曉得，但刑警的工作就是懷疑。姑且先從摸清楚那家公司的底細開始。」

「了解。您在麻布署的組對課有認識的人嗎？」

「這麼多年警察幹下來，到哪個單位都會有認識的人。我先打個電話問問看。」

荒川拿出手機。

中午一點過後抵達正對著六本木通的麻布署。
荒川已經約好生活安全課的課員。對方年約四十，姓白木。
「荒川警官，好久不見了，你看起來很有精神……」
「你也是。這位是本部搜查一課的宇田川。」
宇田川低頭致意。
白木點點頭說：「聽說臨海署成立了搜查總部，你是為那個案子而來吧？」
「沒錯。你知道『麻布台商事』嗎？」
「當然知道啊，是伊知原組的傀儡公司。」
白木說得理所當然，宇田川聽得心驚膽戰。
「看吧，果然要問當地的轄區。」
荒川說道。宇田川也有同感。
「『麻布台商事』有什麼問題嗎？」

「我們抓到一個姓堂島的董事，你認識他嗎？」

白木思索著。

「不認識……丸暴的人可能認識。」

「幫我引薦一下啦。」

「可以啊。不過你們為什麼要抓那個董事？」

「因為他的車被用來載被害人。」

白木皺眉。

「是那傢伙殺的嗎？」

「還不清楚……目前還在偵訊中。」

荒川似乎沒有洩露搜查情報的危機感。要是被幹部知道了，可是要受到懲戒的——宇田川心想。

白木問道：「可是，他的嫌疑很大吧？」

「的確是……。不過我認為凶手另有其人。」

這句話令宇田川大吃一驚，搶在白木開口前問荒川：「為什麼？您為什麼認為堂島不是凶手？」

荒川聳聳肩回答：「沒有根據……。就是這麼覺得。他把車開回停車場，還回了自己家。如果是凶手的話，早就逃之夭夭了。」

「這麼說也有道理……」

宇田川瞥了白木一眼，認為不要再說下去比較好。

白木說：「聽起來很有趣，但這件事跟我一點關係也沒有……。我先介紹組對的人給你們認識。」

白木離開座位，宇田川和荒川也跟了上去。

6

無論哪個警署的丸暴刑警，基本上都是一群氣質大同小異的人。

白木介紹給他們的調查員也不例外，外表和氣質看起來就跟他們的調查對象，也就是暴力集團成員差不多。

或許是在日常接觸中受到影響，又或者是這種長相的人做起事來比較方便。

組對課的員警名叫竹本，年齡與白木相仿，頭髮剃得短短的，嘴邊長著鬍子。白木稱他為「竹長」，所以他大概是巡查部長。

竹本看著荒川和宇田川說：「搜查總部的人在這種地方偷懶，沒問題嗎？」

荒川回答：「這也是搜查中重要的一環。」

早在向他們介紹完竹本，白木的任務便告一段落，他卻沒有要離開的意思。說是跟自己沒關係，但其實很感興趣吧。

竹本還坐在椅子上。

荒川、宇田川、白木站著。

竹本說：「啊，要坐下來聊嗎？請自己隨便找張沒人坐的椅子搬過來。」

荒木說：「不用了，這樣就好，我們沒打算久待。」

竹本點點頭說：「『麻布台商事』的堂島是嗎。嗯，我認識他喔。是個下三濫的傢伙，勉強算是伊知原組的小嘍囉。」

荒川說：「傀儡公司不是以不直接雇用組員為主流嗎？」

「最近是有這種趨勢沒錯。但那是指空殼公司的作法……。『麻布台商事』的情況是股票被收購，等於是被迫易主，所以需要看起來比較不好惹的董事坐鎮。」

「原來如此……」

「上頭懷疑那裡是不是在走私藥物，應該也被麻取或本部的組對部鎖定了……」（註：麻取全名爲麻藥取締官或麻藥取締員，負責取締麻藥或追查藥物非法流通管道等藥物犯罪的調查及監視。）

荒川對竹本投以凌厲的視線。

「麻取或本部的組對部……？」

「我是有聽過這種傳言。」竹本說道。

白木也點頭附和：「沒錯，我也聽過類似的傳言。」

荒川一臉詫異地說：「這不是麻布署轄區內的事嗎，只聽到傳言也太奇怪了吧。麻布署不用協助調查嗎？」

白木皺眉：「肯定是大案子吧。像這種時候，本部想怎麼做就怎麼做，根本不會向轄區知會一聲。」

宇田川沒來由地心虛。

他說的沒錯。如果是必須謹慎處理的重要案件，有時候不會讓轄區員警知道。因為媒體經常在警署進進出出，擔心會因此走漏風聲。

荒川問竹本：「所以呢，『麻布台商事』真的在走私藥物？」

竹本聳聳肩：「我也不知道。只不過，正所謂無風不起浪。」

「被害人的心臟挨了一刀，我們認為是專家的手法。你說堂島是個下三濫的傢伙，就你看來，他有這麼大的本事嗎？」

竹本立刻搖頭否認：「打死我都不相信他有本事以專家的手法殺人。那傢伙是典型的經濟型黑道，性格雖然惡劣，但腦筋很聰明，而且是從還不錯的私立大學經濟系畢業。」

「原來如此，所謂的智慧型黑道啊。」

「呃，離智慧型這三個字還差得遠。簡單地說，是那種徒有小聰明的下三濫。」

「我明白了。」荒川對竹本和白木說：「打擾你們工作了，真不好意思。等這個案子結束，我請兩位喝一杯。」

白木笑咪咪地說：「那我就不抱期待地等著了。」

離開麻布署，回到臨海署一路上，荒川幾乎沒開口說話，看上去正認真地思考什麼問題。

宇田川也沒開口。不能在外面討論案情，也沒什麼生活瑣事好聊，不如保持沉默。

再說，荒川全身散發出別找他聊天的氛圍，他顯然已經完全沉浸在自己的世界裡。

或許他正以自己的邏輯分析案情。

既然如此，我也來試試——宇田川心想。

「麻布台商事」從以前就被厚生勞動省地方厚生局麻藥取締部、以及警視廳本部的組織犯罪對策部鎖定。

因為還在暗中調查的階段，大概還沒掌握到走私麻藥或興奮劑的證據。麻取或組對，對「麻布台商事」的暗中調查是基於何種程度的懷疑？倘若非常可疑，應該會二十四小時派人監視。

堂島就算成為監視對象也不足為奇。

然而，沒有這個跡象。萬一堂島受到監視，早在他被抓的階段，麻取或組對就應該來抗議了。

或者是還在觀察情況，接下來就會接到他們的抗議。但無論是何種情況，都感覺不到對方的急迫性。

難道是因為這件事沒有那麼重要？麻取或組對更在意的是「麻布台商事」是專門買賣藥品的公司，而且還是坂東連合．伊知原組的傀儡公司。

或許只是這樣。

抵達搜查總部時，荒川說：「你可以去向管理官報告了。」

「荒川警官去吧。說要去麻布署的是荒川警官。」

「怎麼連你也學會日野那一套。」

「我不是這個意思……」

「這是本部搜查一課的工作。我站在管理官面前會緊張。」

想也知道是騙人的，荒川不管站在誰的面前都不會緊張。

「好吧。那請您在一旁協助我。」

兩人走到池谷管理官面前。

「我們去調查了堂島上班的『麻布台商事』。」

宇田川盡可能簡潔地報告。

聽完他的報告，池谷管理官說：「傀儡公司嗎……而且還被麻取和組對鎖定了……。但願不會變成棘手的案子……」

宇田川不解：「棘手的案子是什麼意思……？」

池谷管理官皺眉：「你只要想成是我們正在對那家公司進行暗中調查就

懂了。萬一組對或麻取擅自抓了人，你猜會怎樣？」

「會變成大問題呢。尤其如果是放長線釣大魚的時候，真想請對方不要出手。」

「但對方現在什麼都沒說……。如果是麻取更麻煩。我們是廳，對方是省，事關面子問題。那群人根本不把警察說的話放在眼裡。」

宇田川也聽過這方面的傳聞。厚生勞動省的前身是內務省，所以更愛面子。

「老實說……」荒川以低調的態度發言：「我也有這種感覺……」

池谷管理官反問：「哪種感覺……？」

「要是真的被麻取或組對鎖定，早在抓住堂島的階段，他們就會說話了。」

「嗯，是這樣沒錯……」

管理官也陷入沉思。

宇田川說：「會不會是因為嫌疑沒那麼大……。因為是暴力集團的傀儡公司，只是形式上鎖定一下……」

池谷管理官面有難色地說：「什麼也說不準呢……總而言之，我先向課長報告。這一類的事，只能請課長或部長處理了。」

宇田川問道：「堂島的偵訊還沒結束嗎？」

「還沒。植松他們正在努力，但目前還沒有問出任何線索。」

「是不是讓他們知道『麻布台商事』的事比較好？」

「你去告訴他。這對我們是很有利的情報。」

「是。」

宇田川轉身又走向偵訊室。

跟先前一樣，只有日野來應門。

「這次又有什麼事？」

「關於堂島擔任董事的『麻布台商事』公司……。可以請植松警官過來一下嗎？」

「由我傳話就行了。」

「我想直接告訴你和植松警官。」

日野遲疑一下，走到植松跟前，附在他耳邊說話。這時可以看見堂島的表情，正沒好氣地保持緘默。

植松起身走來，與日野一起來到走廊上說：「你說跟堂島上班的公司有關？」

「是的。那家公司叫『麻布台商事』，但其實是坂東連合·伊知原組的傀儡公司。」

「伊知原組……。所以說，堂島也是……」

「聽說是組員。這是麻布署的丸暴告訴我的。」

「哦……。這下子有意思了。」

「『麻布台商事』是販賣藥品的專門商社，發生破產危機時被伊知原組拿下。」

「現在的黑道都靠併購賺錢，倒也不是什麼稀奇的事。」

「原本進口藥品的公司成為伊知原組的傀儡公司，麻取或組對好像盯上了。」

植松皺眉：「他們沒有來抗議嗎？」

「目前還沒有……」

「所以堂島是沒有受到監視嗎……」

「堂島說了什麼嗎？」

「他只是一直跳針說自己什麼都不知道。不過，如果他是伊知原組的組員，我們就可以改變攻勢了。」

「屋子裡沒有行凶的痕跡。」

「但車上確實有血跡吧。換言之，他在某個地方讓被害人上車，而那個地方可能就是行凶現場。」

日野說：「調查員應該正在調查從N系統掌握到的行車路線。」

植松告訴日野：「我知道。那就繼續偵訊吧。必須轉換成對付黑道的偵訊方式。」

兩人回到偵訊室。

宇田川在返回搜查總部的路上，思考著逮捕堂島會對今後造成什麼影響。

被害人似乎不是在堂島家中遇害，但車上有血跡，而且是被害人的血跡。既然如此，他肯定知道些什麼。如果是植松，一定能問出來。

另一方面，厚勞省麻藥取締部及組對部的動向也很令人介意。然而就如管理官所言，這種事只能交給課長或部長處理。

回到搜查總部，在荒川隔壁坐下。荒川還在想事情。

宇田川好奇地問：「您在想什麼？」

「什麼也沒想。」

「可是您的表情很嚴肅。」

「只要擺出這種表情，就算發呆也不會挨罵。因為大家都跟你一樣，以為我在想什麼。」

「您在分析案情吧？可以告訴我您的想法嗎？」

荒川一臉訝異地說：「我才沒有在分析什麼案情，只不過……」

「只不過什麼？」

「我只是在想，堂島為何會和這個案子扯上關係。」

「什麼意思？」

「他當然知道公司被麻取或組對盯上了。明明知道，卻還扯上殺人這麼危險的事，實在很不合常理。」

「會不會是沒想到會被盯上？」

「不可能。『麻布台商事』裡確實有非暴力集團成員的一般員工，那些人或許真的什麼都不知道，但堂島是組員。」

「這麼說來，的確有點古怪。」

這時，接到電話的池谷管理官扯著嗓門說：「什麼，知道被害人的身分了？」

宇田川和荒川幾乎同時站起來，走近管理官的座位。其他調查員也同樣走上前來，自然地圍成一圈。

池谷管理官掛斷電話，對聚集在四周的調查員說：「被害人的名字叫細木宗之。二十二歲。小岩署的少年課有他的紀錄。以前是暴走族，現在是小混混。」

名波係長問：「地址是？」

「江戶川區鹿骨三丁目……」

「我立刻派調查員過去。」

名波與相樂係長討論了一下，決定好去那個地址的調查員，被指名的兩個人立即出發。

被害人的確是一副小混混的德性，宇田川也想過小混混被專家殺死的可能性。

那群人天不怕地不怕。以前的不良少年還會怕警察，也不敢隨便招惹黑道，但最近的小混混根本是無法無天。

從就連黑道也敢槓上的角度來看，或許比日本的黑道更接近國外的黑手黨。沒有老大小弟的關係，頂多不敢反抗前輩。

因為是那種人，惹毛黑道是完全可以想見的事。

宇田川告訴荒川：「我去通知偵訊室的植松警官和日野。」

荒川反對：「犯不著每次都親自跑一趟，我打電話給日野。」

「我沒關係，要跑幾次都可以。」

「不是這個意思。我是希望盡量不要打擾到偵訊。」

「打電話就可以嗎？」

「總比親自過去來得強。」

宇田川交給荒川決定。老實說，他也不太想再見到日野，因此正中下懷。

日野或許只是太認真了，但那種目中無人的態度實在很令人頭痛。

荒川離開管理官座位，拿出手機打給日野。看到他那個模樣，不知怎地竟讓宇田川想起同期的蘇我。

原因不明。

或許是覺得要是日野能像蘇我那樣就好了。

日野和蘇我的性格完全相反。

相較於日野凡事都要搶在最前頭，蘇我總是吊兒郎當的，從他身上感覺不到一點幹勁。

完全不知道蘇我在想什麼。剛認識他的時候，還以為他是毫無緊張感的傢伙。然而，慢慢地，宇田川開始覺得這點很了不起。就算泰山崩於前，他也不會表現出緊張的樣子。

宇田川認為他分配到公安單位是理所當然的結果，那種讓人摸不透的神祕感正是公安需要的特質。

那傢伙現在在哪裡，在做什麼呢？

想到這裡，忽然又想起大石陽子。她又在哪裡做什麼呢……。

荒川掛斷電話說：「喂，堂島好像招了。日野和植松警官正朝這裡過來。」

宇田川趕緊將蘇我和大石趕出腦海。

7

下午兩點四十五分，植松和日野從偵訊室回到搜查總部，筆直地走向管理官的座位。

荒川見狀說道：「喂，小子，我們也去瞧瞧。」

宇田川和荒川也靠近管理官的座位。植松向池谷管理官報告：「堂島說他只是借車而已，看起來不像說謊。」

坐在管理官座位區的名波係長和相樂係長也在聽他報告。

池谷管理官問道：「他有說借給誰嗎？」

「他原本死活不肯說，但最後還是招了。借給伊知原組一個叫兵藤孝的傢伙。」

「那是誰？」

「接下來才要調查，應該是幹部。」

「是那個姓兵藤的傢伙開車嗎？」

「不，他說來取車的另有其人，而且是女人……」

「女人……？是誰？」

「好像是『麻布台商事』的員工，堂島說他不認識。」

「明明是員工卻不認識？」

「堂島說她原本只是來打工，最近才剛成為正式員工。」

「那個女人叫什麼名字？」

「堂島說他不知道。」

「該不會是假裝不知道吧？」

「大概是真的不知道，他都說出兵藤的名字了，沒必要隱瞞新進員工的名字。」

「也罷，只要去『麻布台商事』搜查就知道了。」

相樂係長說：「要進行搜索嗎？」

池谷管理官回答：「有必要的話，當然要去。」

「麻取或組對部已經盯上『麻布台商事』了不是嗎？要是擅自進入搜索，

不會出大問題？」

相樂這句話讓池谷管理官面露不豫之色。

「當然要慎重進行。我會向課長報告，請他定奪。」

植松問池谷管理官：「那麼堂島要怎麼處置？」

「什麼意思？不是依殺人罪嫌緊急逮捕了嗎？」

「他所說的只是借車的供詞，應該是真的。」

「只要繼續追問，肯定能問出一堆狗皮倒灶的事吧。」

「這倒也是，畢竟他是傀儡公司的董事，又是伊知原組的成員，肯定有一堆見不得光的事。」

「請他多待一會兒，好好地審問。」

「萬一他找律師就麻煩了。」

「這部分也要小心處理。要是以殺人共犯逮捕過於牽強的話，也可以換成以妨害執行公務的現行犯逮捕。」

宇田川心想，萬一堂島真的什麼都不知情，只是借車而已，這麼做顯然侵犯到人權，是違法調查。

但他什麼也沒說。

警察必須面對成千上萬的罪犯，光會說漂亮話是行不通的。要是膽子不夠大、臉皮不夠厚，就無法與其抗衡。

植松也沒有異議：「明白。等一下就繼續偵訊。」

「交給你了。」

這時，負責聯絡的人告訴池谷管理官：「N系統分析小組傳來消息，發現那輛車經過的地點，附近有『麻布台商事』的倉庫。」

池谷管理官問他：「倉庫？在哪裡？」

「港區港南五丁目……。就在發現遺體的現場附近。提出這項報告的調查員正趕過去。」

相樂係長說：「那裡很有可能就是刺殺現場。」

池谷管理官面向相樂係長和名波係長說：「做好準備，一旦接到這樣的通知就馬上派人前往。」

名波係長說：「可能還需要鑑識人員。」

「說的也是。」

名波係長對植松和宇田川說：「到時候，你們兩個也一起去。」

相樂間不容髮地插進來：「……既然如此，荒川警官和日野也去。」

名波同意：「就這麼辦。」

「了解。」植松說道：「我們先待命。」

宇田川、植松、荒川、日野正打算離開管理官的座位時，耳邊傳來「立正」的聲音。

野村署長和田端搜查一課課長走進來。

他們剛在台上落座，池谷管理官就馬上站起來，上前報告。

田端課長露出非常凝重的表情。植松見狀說道：「聽到與麻取或組對有關，課長也笑不出來了……」

宇田川點點頭：「那是當然。」

荒川說：「可是好奇怪啊……」

植松問他：「哪裡奇怪？」
「痲取或組對為什麼目前還一聲不吭？」
植松看著荒川。
宇田川和日野也同樣看著他。
植松說：「的確很奇怪……」
「組對部就算了，痲取應該會衝進來拍桌子大罵：『不准輕舉妄動！』才對。」
宇田川說：「會不會是因為『痲布台商事』的急迫性沒那麼高？畢竟還沒有確切的證據指出他們買賣藥物。」
荒川說：「不管急迫性高不高、有沒有確切證據，只要警察敢擅自對他們鎖定的對象出手，痲取都會衝進來罵人。」
「會不會是接下來才要來？」
「一般來說，早在逮住堂島的階段，就馬上跳起來發難了。」
「那，這到底是怎麼回事？」

「不知道。所以才說很奇怪。」

日野想了想說道：「說不定痲取或組對部根本沒有鎖定他們。」

荒川告訴日野：「不，痲布署的人都這麼說了，一定不會有錯。你仔細想想，幾乎快要倒閉的藥品專門商社變成黑道的傀儡公司，痲取或組對部不可能不盯上他們。」

日野一臉正色地說：「的確是這樣沒錯……」

植松聳聳肩說：「或許有什麼理由也說不定，只是現在還不知道。」

荒川附和：「說的也是。」

與此同時，負責聯絡的人以急切的語氣呼喚池谷管理官。池谷管理官衝過去，接起話筒後，立刻對名波係長及相樂係長下命令。

名波大聲說：「植松警官，請你前往港南五丁目的倉庫。」

「了解。」

植松、宇田川、荒川、日野立刻動身。

「麻布台商事」的倉庫與發現屍體的現場，直線距離大概連一百公尺都不到。

是間位於東京入國管理局前方十字路口附近的小倉庫，警車和鑑識車已經停在倉庫前了。

日野將銀色的偵防車停在鑑識車後面。

「這裡的確是很適合動手行凶的場所呢……」

荒川看了倉庫一眼說道。

「對呀。」植松也同意：「先去問話吧。」

四人走向拉著黃色封鎖線的倉庫入口。

媒體也來了，正開始搶地盤。四人大搖大擺地繞過他們，鑽進黃色封鎖線。

植松發現同單位的調查員，叫住對方。

「是你找到這個倉庫嗎？」

對方名叫柿田修，是四十歲的巡查部長。

「是的。我邊用N系統追查那輛車經過的路線，搜尋附近有沒有與『麻布台商事』有關的設施，結果就找到這裡來了……」

「裡頭是什麼樣子？」

「目前鑑識人員正在調查，但大概是刺殺現場不會錯。」

「有痕跡嗎？」

「痕跡被蓄意消除了，但無法清除得一乾二淨，我想應該會出現魯米諾反應。」

在一旁聽他們交談的荒川說：「在這裡刺傷被害人，然後將瀕死的被害人棄置於運河嗎……」

「大概是吧……。不管怎樣，被害人應該都是從某個地方被載到這裡來，再搬到運河丟棄。」

這時，鑑識人員出來了，植松問他：「狀況如何？」

「出現血液反應。雖然擦拭過了，但似乎噴得到處都是。」

荒川說：「絕對錯不了。」

宇田川檢查倉庫的出入口，看到監視器。

「那是『麻布台商事』的監視器嗎？」

三人同時抬頭仰望宇田川指的方向。

荒川說：「不，看來是公物，大概是由地區的自治會設置的。」

植松說：「的確，港區的區公所會出補助金給自治會設置監視器。」

日野拿出手機說：「我問一下區公所。」

荒川對植松說：「日野打電話的時候，我們先進去瞧瞧吧。」

「走吧。」

留日野在外面，三人走進倉庫。鑑識人員正收拾完要撤退。發現倉庫的兩位調查員還在裡面，一位是剛才與植松說話的柿田，另一位是臨海署的員警。

柿田告訴植松：「你們抓了『麻布台商事』的董事吧？他說了什麼？」

「你知道那個董事是伊知原組的成員嗎？」

「嗯，想像得到……」

言下之意是雖然沒聽到詳細的說明，但知道內情。
「那傢伙說組裡的幹部向他借車，他只是照做而已。」
「沒說謊嗎？」
「我想沒有。」
「那，實際動手行凶的就是伊知原組的人了……」
「還不知道是誰，但可能性很高。」
荒川往倉庫裡看了一圈說：「還沒找到凶器嗎？」
臨海署的刑警回答：「沒有。可能被凶手帶走了。」
「雖說是倉庫，但什麼東西也沒有……」
「呀……」在一旁聽他們討論的植松說：「還不確定是什麼時候差點倒閉，得到海外資金的挹注才又重新站了起來，但實際的交易或許是最近才發生的事。」
荒川點頭表示同意：「有可能……」
日野從門口衝進來報告：「問過區公所了，外面的監視器是港南町會設置的。」

「畫面歸哪邊管理？」

「監視器內建的硬碟採覆寫式，會保留一定時間。只要聯絡上町會，應該就能取得畫面。」

植松交代：「我明白了。你去拿，我們留下來調查。」

「了解。」

日野小跑步地往外走。

柿田向植松說明：「據鑑識人員所說，這一帶是出現最多血液反應的地方。」

幾乎是倉庫的正中央。

植松與荒川的動作幾乎一模一樣，輪流看著柿田所指的地方與出入口好幾次。

那是資深調查員的眼神。宇田川認為他們的眼睛一定可以看到與一般人不同的風景。

殺害過程肯定會在他們的視野內重現。

「不太可能是獨力犯案。」植松説道。

荒川附和：「就是説啊……。至少也要兩個人。」

宇田川也加入討論：「堂島説來取車的是女人。既然如此，除了駕駛以外，還有兩個人嗎……」

荒川一臉嚴肅地説：「不要小看女人，誰説女人就不會幫忙殺人。」

植松附和：「荒川警官説的沒錯。實際動手殺人的凶手為兩人以上，其中一個可能是女人。」

荒川問臨海署的員警：「還是不知道被害人在哪裡上車嗎？」

「是的……。N系統能追溯那輛車走過的路線，但也只能知道個大概，並未留下繞去哪裡這麼詳細的紀錄。」

N系統只能確認車輛通過設置監視器的地點，想當然，無從得知車子在沒有監視器的場所做了什麼。

「只知道那輛車曾經行駛於發現屍體的現場，與車主自家的停車場之間嗎？」

「是的。港區算是N系統監視器設置得比較密集的地區，所以才能知道路線。」

「可是無法得知被害人在哪裡上車吧？」

「但我猜並沒有繞去別的地方。說得武斷一點，車子只往返於停車場和棄屍現場之間。」

「然後經過這座倉庫？」

對方聳聳肩：「光靠N系統無法判斷。這裡是調查『麻布台商事』的相關設施才知道的。」

N系統是由點與點連成線，無從得知點與點之間的事。

植松面色凝重地說：「或許沒繞去別的地方。」

荒川問：「怎麼說？」

「要是在哪裡綁架了被害人，強迫他上車，去程和回程的路線應該不一樣。但車子看起來幾乎只有來回？」

柿田負責回答這個問題：「是的，只有來回。」

「所以跟車子無關，認為被害人是被綁來這裡比較妥當，車子只是用來棄屍。」

宇田川表示不解：「這裡與發現遺體的直線距離還不到一百公尺，有必要特地從麻布十番開車過來嗎？」

「不是距離的問題。」植松幫忙解惑：「不管是遺體還是快要變成遺體的人，搬運起來都很吃力，又不能在地上拖。」

「這裡是倉庫，應該有手推車吧。」

「你試一次就知道了。用手推車搬運遺體或瀕死的人可不是一件容易的事。車子是最理想的工具，所以就算從大老遠的地方開車過來，只移動一百公尺也沒什麼好奇怪的。」

「我也這麼覺得。」荒川幫腔：「開車的理由琳琅滿目，其中之一就是搬東西。如果目的是要避人耳目，車子是最好的工具。」

宇田川認同他們的意見：「也就是這麼回事嗎？有人將被害人細木宗之

囚禁在這裡，然後捅了他一刀，為了處理善後，向堂島借車……」

植松與荒川點頭。

「應該就是這樣吧。」

宇田川接著說：「食品加工廠的警衛說他凌晨五點聽到水聲，面向棄屍現場的大樓住戶也作證在那個時間目擊到車頭燈。換句話說，溺死的被害人是凌晨五點被推進海裡？」

「這有什麼問題嗎？」

「有人去堂島住的地方取車，是在被害者遇刺以後嗎……？」

柿田回答宇田川的疑問：「關於這點嘛，根據N系統的資料指出，那輛車是在凌晨五點過後到五點二十分之間從港南五丁目移動到麻布十番。從麻布十番移動到港南五丁目則是前一天晚上的七點四十分過後到八點左右。」

宇田川皺眉。想不透這是怎麼回事。

8

「你說車子是在被害人被推落海裡之後立即返回堂島的住處，但是抵達棄屍現場卻是在前一天的晚上八點左右？」

「是的。」柿田回答宇田川的問題。

「正確地說，N系統在麻布十番一帶拍到那輛車是晚上七點四十二分，在港南五丁目拍到則是晚上八點六分。」

宇田川輪流看著植松和荒川說：「犯人在晚上八點左右，就已經備好車……」

植松一臉思索地說：「大概是有計畫的殺人……」

荒川說：「現在還說不準，或許有什麼理由也說不定。光靠N系統無法做任何判斷。」

宇田川說：「被害人晚上八點左右就已經被囚禁在這裡嗎？」

植松點頭：「這個可能性很大。」

荒川說：「從那時就開始囚禁的話，就算被痛打一頓也不奇怪……」

宇田川說：「可是遺體並沒有被毆打的痕跡。」

「對呀。」植松說道：「遺體上的確沒發現那樣的痕跡……」

植松與荒川繼續在倉庫內四下張望，大概是在腦海中修正犯案的過程。

看兩人的表情，似乎無法順利修正，雙雙露出無法釋懷的表情。

宇田川心想，這也難怪。

堂島的車在晚上八點左右就已經抵達港南五丁目，恐怕就停在這座倉庫前。而犯案時間是淩晨五點左右。

中間約九個小時的時間，究竟發生了什麼事？

宇田川也試著想像，但訊息量太少了，想像不出來。他明白現階段的任何想像都只是臆測，因此刻意停止想像。

這時，日野回來了。

「拿到影片檔了。」

荒川問他：「是拷貝嗎？」

「對，但我是請町會的管理員幫忙拷貝……」

沒有利害關係的第三者所拷貝的資料，具有充分的證據能力。

植松說：「那趕快回總部看吧。」

日野說：「請SSBC解析比較好吧。」

「在那之前，我想先用自己的眼睛確認一下。」

柿田和他的搭檔說要留在現場進行更仔細的調查。宇田川等四人留下他們，走向銀色的偵防車。

「先向池谷管理官報告是不是比較好……」

回到搜查總部，日野對植松說。

日野似乎非常抗拒調查員做出任何自作主張的判斷。

「至少要先看過拿到的證據內容吧。連裡面拍到什麼都不確定就交出去，你覺得這樣好嗎？」

「是不太好。」日野半步不讓：「可是也不能因此就留下會讓人懷疑我們竄改資料的灰色地帶。」

「我們有什麼理由竄改資料。」

「律師可不這麼想。萬一因為資料的處理上有任何缺失，因此失去在法庭上的作證資格，檢察官不曉得會說什麼。」

「好吧。既然如此，在管理官的見證下拷貝一份吧。反正你向管理官報告後，管理官還是會拷貝一份給我們調查。這樣總行了吧？」

不同於類比式影片，只要有電腦，隨時都能拷貝。

日野總算同意：「嗯，如果是那樣做的話……」

很多調查員都原封不動地把拿回來的影片檔丟給SSBC解析，但現在像植松這樣，先拷貝一份親眼確認的調查員也不少。

植松告訴日野：「你去向管理官報告這件事。」

「好的。」

日野走向池谷管理官。

名波係長和相樂係長也和管理官一起聽日野報告。

相樂係長對日野說了些什麼，日野點頭回應。
不一會兒，日野回到宇田川他們的座位。
植松問他：「管理官同意了？」
「嗯，用管理官的筆記型電腦將影片拷貝到隨身碟裡。」
宇田川問道：「相樂係長好像說了什麼……」
日野回答：「他說檢查影像的時候，一定要由臨海署與搜查一課的調查員一起……」
宇田川幾乎快被他們打敗了：「死都要公平就是了。」
「沒錯。」日野附議，「死都要公平。」
由日野負責拷貝。用池谷管理官放在管理官座位的電腦處理。
池谷管理官說：「用拖曳檔案的方式。」
這指示是為了盡可能讓作業單純化，不要留下任何竄改餘地。
日野照做。

影片檔原本就不大，拷貝作業一下子就完成。同一支影片分別存進兩個隨身碟裡。

為求方便，將日野從港南町會要到的檔案稱為「正本」，交給管理官。管理官會轉交給SSBC。

拷貝的隨身碟則插進日野放在調查員座位上的筆記型電腦。

植松說：「有再多時間都不夠我們看完所有的影片，先鎖定晚上八點前後和凌晨五點前後吧。」

「了解。那就從晚上七點半左右開始。」

日野握著滑鼠，播放影片。

解析影像是很花時間的作業，而且非常無聊。

即使以倍速或四倍速快轉監視器等定點影像來看，也只是一連串毫無變化的影片。話雖如此，也不能掉以輕心。

就算只有瞬間，可能也會拍到重要的線索，絕不能放過。

四人盯著筆記型電腦的螢幕，以四倍速播放影片。如果只有一個人，或許會遺漏重要的瞬間，四個人一起看比較不怕看走眼。

由於是太陽下山後的影像，偶爾有汽車的車頭燈經過，但幾乎沒人經過。港南五丁目屬於人工島，夜間人口銳減。

影片的右下角記錄著日期和時間，晚上八點以後又過了一會兒，畫面中出現變化。

植松喃喃自語：「來了嗎……」

車頭燈靠近，停在畫面中。

天色太暗看不清楚，但似乎是一輛黑色的車。

車頭燈熄滅。

有人推開駕駛座的車門下車，好像是女人，穿著黑色系的上衣和牛仔褲。

一如堂島的證詞，開車的是女人，而且還是年輕女人。

看不到臉。

女人消失在倉庫的入口。

宇田川看到那段影像，感覺有點不太對勁。

不知道該怎麼形容才好，該說是心裡起了一陣騷動嗎？又像是一種不安的感覺。

他不明白自己為什麼會有這種感覺。

畫面接下來又沒有動靜了。

植松說：「轉到凌晨五點左右吧。」

「是。」日野依指示操作。

從右下角顯示的時間為四點三十分的地方開始播放。依舊採四倍速播放。

四人沉默地凝視著畫面。

宇田川思索著剛才那股無以名狀的感覺是什麼。

到底是什麼呢？影片裡拍到什麼令自己不安的東西嗎……。

影像又出現動靜了。

好像有幾個人在黑暗中移動，不確定他們在做什麼。

看起來像是在搬東西。

荒川說：「好像是在搬運被害人。」

植松附和：「太暗了看不清楚，SSBC應該能清楚地解析出來吧。」

他們被車子擋住。有個人繞到畫面前方，正要坐進駕駛座。

是剛才的女人。

她在打開駕駛座的車門前，左右張望了一下。

路燈瞬間照亮她的臉。

「啊……」宇田川情不自禁地驚呼出聲。

「怎麼啦……」荒川問宇田川。

宇田川緊盯著畫面說：「可以倒回前面一下嗎？」

日野動手將影像稍微倒回。

「再往前一點。」

繼續往前倒回。

「然後慢慢地播放。」

開始改用慢動作播放。正好是女人繞到車子另一邊，亦即駕駛座的右側時。

此時女人停下腳步，左右張望，光線照射在她臉上。

「停。」

日野暫停影像。

宇田川告訴植松：「這個人是大石。」

「你說什麼……？」植松瞪大雙眼，注視著靜止的畫面。過了好一會兒才開口：「距離太遠了，影像也不夠清晰，我看不出來。」

宇田川說：「不會錯的，她就是大石陽子。」

剛才感到不太對勁的原因，大概是因為自己無意識中發現那個女人是大石。

身為同期，不只是大石的長相，宇田川也遠遠地看過無數次她的背影。因此就算相隔遙遠，也能認出她來。

植松瞪著宇田川：「這是怎麼回事？大小姐為什麼會開著堂島的車……」

「不知道。」

「看清楚一點，說不定是你認錯人了。」

宇田川也希望這一切能如植松所說，但是暫停的畫面再怎麼看，那個人都是大石。

「不，她的確是大石沒錯。」

荒川問道：「你們口中的大石是誰……？」

植松回答：「小子的同期，我們都叫她大小姐，目前在特殊班……」

「SIT啊……」

「會不會是在從事什麼特別的任務……」

「特別的任務……？難不成是臥底調查？」

「或許是。」

「可是……」宇田川難掩困惑地說：「大石從昨天開始不見人影，卻在前一天駕駛與犯罪有關的車……」

「說的也是……」荒川附和：「的確很難想像前一天會做出那種事。」

植松說：「雖然是從昨天開始不見人影，但是或許更早之前就跟『麻布台商事』接觸過了。」

荒川皺眉：「接觸得很順利，所以正式潛入……」

「最好讓管理官知道這件事。」

聽到這句話，宇田川慌了：「請等一下。光看這個影像，會覺得大石與命案有關。」

「看起來是這樣沒錯。」

「等SSBC的解析結果出來，再向上頭報告也不遲。」

「說什麼傻話。注意到了卻沒馬上報告，萬一事後被查出來，不曉得會受到什麼處分。」

「就是說啊。」荒川說：「壞消息一定要先報告，萬一弄錯也就只是弄錯而已。」

宇田川無言以對。

要是自己夠冷靜，一定也會覺得植松和荒川是對的，但現在實在無法判斷。

植松對日野說：「帶上電腦，要去向管理官報告了。」

日野站了起來。

荒川和植松也站起來。

宇田川依舊處於大腦當機的狀態，只能依樣照做。

池谷管理官看到植松問：「有什麼事？」

「請您過目。」

日野把筆記型電腦放在管理官桌上，池谷管理官盯著電腦看。

「監視器的畫面？」

「是的。」植松說道：「裡頭拍到我和宇田川都認識的人。」

「誰？」

「特殊班的成員。」

池谷管理官一臉驚訝地看著植松。

「你是說拍到了警察？」

「宇田川說應該沒錯。那個人是他的同期，名叫大石陽子。」

「為何會在那種地方拍到警察？」

「目前還不清楚……」

名波係長起身，走過來端詳電腦螢幕。相樂係長也馬上有樣學樣。

名波係長告訴池谷管理官：「大概是臥底調查……」

「她不是特殊班的人嗎？又不是公安……」

「聽說ＳＩＴ的潛入功力不輸公安。」

「就算是那樣……」名波接著說：「如果是臥底調查，或許就能理解麻取或組對部為什麼沒來搜查總部抗議了。」

「什麼意思？」

「大概還在討論對策吧。可能有什麼不想讓我們知道的事。」

宇田川思考名波這句話的意思。然而，思緒十分凌亂。

「這事還需要確認。去準備該名女警的大頭照讓堂島看。」

耳邊傳來池谷管理官的交代，宇田川依舊處於一片混亂當中。

9

總之先弄到大石陽子的臉部照片再說。由於是警官的大頭照，很容易弄到。

人事負責人問他要照片是作何用途。

宇田川只回答「偵辦上需要」，還以為對方會繼續追問，幸好沒有。

大概只是形式上的確認，公家單位都是如此。

「我會傳到你的手機裡。」

「有勞了。」

沒多久就收到警務部人事第二課寄來的電子郵件，附檔是大石的臉部照片。

這大概是人事第二課保管的照片，背景是藍色的，身穿制服。但是不能讓堂島看見大石穿警察制服的模樣。

立刻打電話給剛才的人事負責人。

「沒有不是穿制服的照片嗎？」

「我這邊沒有。」

「可以想想辦法嗎？」

「如果可以接受只換掉頸部以上的合成照片……」

「可以。麻煩你。」

「我馬上處理。」

掛斷電話，宇田川陷入沉思，感覺自己還很混亂。

完全想不透大石為什麼會被監視器拍到。

可以想到的理由只有一個。臥底調查。

真是的，蘇我也好，大石也罷……自己的同期怎麼跟臥底調查這麼有緣，是有什麼原因嗎。

蘇我和大石無疑都是很優秀的警察。不只優秀，兩人都有非常特殊的一面。

蘇我具有無論處於任何狀況都不會緊張也不會興奮的性格。

那已經不是膽子很大或心臟很大顆的層次。宇田川有時候甚至覺得他是不是根本沒有恐懼或緊張的情緒。

大石原本想當演員，所以演技絕佳。

倘若她被派去臥底調查，肯定是看中她的演技。

問題是，臥底調查的目的為何？

大石隸屬於搜查一課特殊班。搜查一課再怎麼說都屬於刑事部，傀儡公司或與黑道有關的麻藥偵查是組對部的工作。

就是這點想不明白。

植松對宇田川說：「你怎麼一臉便秘的模樣。想不通的事就不要想了。」

「就算你這麼說，我還是沒辦法不去想大石到底在做什麼。」

「星期五看到她的時候，她說要調職，就是要去臥底調查吧。」

沒錯。星期五，也就是十月二十日見面的時候，她的確說要「調職」。

「可是她是刑事部的人，麻藥搜查是組對部的工作不是嗎？」

「這我怎麼會知道。所以才說想不通的事就不要想了。」

「時間也很令人在意。」

「時間？什麼意思？」

「我們是上週五和大石本人吃飯對吧？然後她在週日的晚上八點就被監視器拍到了。」

植松面有難色地回答：「這點我也很在意。」

「她從星期一就沒來上班，卻出現在前一天晚上的監視器裡，這到底是怎麼回事？」

在一旁聽他們討論的日野說：「該不會是從以前就跟伊知原組有關？」

「怎麼可能……」宇田川說：「又不是丸暴……」

與暴力集團扯上關係可以有各種解讀，轄區的組對課等丸暴刑警平常就跟暴力集團有所接觸。

原本處於取締及檢舉的對立關係，但是在蒐集情報上也扮演著重要的角色。

有些刑警會跟組員走得太近，雖然只是少數，但也不乏被組織收買，反過來出賣警方情報的刑警。

暴力集團的世界充滿酒色財氣。在財這個方面，受到不景氣及暴對法（註：與防止暴力集團成員從事非法行爲有關的法律）、排除條例（註：正式名稱爲暴力集團排除條例，是爲了防止暴力集團繼續造成治安問題的條款）的影響，不像以前那麼明目張膽，但還是免不了現金交易。

事實上，的確有刑警受到現金及美色的誘惑，轉而為暴力集團效力。

然而，這一套對特殊班的大石行不通。

「很難說喔，沒有人知道丸B什麼時候會以何種方法接近。」

「如果是男人就算了，女性不太可能被暴力集團利用。」

「可以用金錢和女人來籠絡男人的話，也可以用男人來籠絡女人。基本上，丸B左擁右抱的都是好女人。有點危險的男人對女人來說很有魅力。愛上丸B，為對方散盡家財的結果，最後變成間諜也不是不可能。還有用藥物加以控制的可能性。」

宇田川還沒說什麼之前，植松先發難了。

「大小姐為黑社會散盡家財？別開玩笑了。再說，她是特殊班的人喔。要是真的藥物中毒，訓練時應該馬上就會被發現。」

荒川說：「你說你上週五見過她？」

「嗯，我們一起吃飯。」

「就你們兩個人？」

「不止，植松警官也在，總共四個人。」

「是誰說要聚餐的？」

「大石。」

「該不會當時就已經決定要去『麻布台商事』上班了。」

植松反問：「星期五就已經……？」

「沒錯。因為之前就已經先以打工的身分接觸過……」

植松邊想邊說道：「這麼說來，堂島供稱來取車的是原本還是打工仔的新進女員工。假設那個人就是大小姐，表示大小姐在那之前就在那裡打工了。」

「應該想成是從上週五以前就開始進行潛入的工作，然後在週五正式被雇用，所以才會約各位吃飯。」

植松呻吟般地說：「喂，你好像在說大小姐約我們吃飯是最後的晚餐。」

荒川說：「要潛入傀儡公司臥底，至少要有這樣的決心吧！」

聽他們討論，宇田川愈來愈沉不住氣：「現在回想起來，大石居然會主動約吃飯，的確有點不尋常。」

植松看著宇田川說：「怎麼說？」

「我們和蘇我一起吃飯喝酒的時候，從來不是她主動提起要聚餐。」

「問題在於……」荒川說道：「她是否參與了命案。」

植松再次呻吟：「從堂島的供詞與監視器的影像判斷，大小姐的確開了堂島的車，而那輛車也的確用來搬運被害人……」

荒川與植松同樣面有難色地說：「萬一她當時也在行凶現場，就是傷害及殺人的共犯了。」

「怎麼會……」宇田川說：「她是臥底調查，應該不至於被問罪吧。」

植松說：「不，以前大阪府警的調查員曾經為查緝毒品進行過臥底調查。後來在抽查的時候，那名臥底搜查官也被抓了，依持有毒品的罪名遭起訴。」

沒錯，宇田川也聽過這件事。

「可是，臥底搜查官隨時都處於危險的狀態，應該以自保為最優先的考量，就算在犯罪現場冷眼旁觀，也不該被究責吧。」

植松說：「那是法官要衡量的事。對檢察官而言，無論對方是警官還是什麼人，一旦犯了罪就必須起訴。到了法院，就算是警察正在執行任務，看在法官眼中，犯罪還是犯罪。」

「怎麼這樣……這麼一來要如何辦案？」

「站在法官及檢察官的立場都不能首開先例，萬一這個例外變成判例，難保不會成為法律上的漏洞。對他們來說，是進行違法調查的人不對。」

宇田川無法釋懷。

光靠這些場面話無法破案。對手是成千上萬的犯罪者，警方必須視對方怎麼出招，而採取不得不然的手段。

日本原本就不承認臥底調查。因此，萬一大石被抓，最糟糕的情況，或許會被當成殺人共犯遭起訴。

宇田川絕不容許這種情況發生。她不可能是基於自己的判斷進行臥底調查，肯定是上司的命令。

無法違抗命令。換句話說，命令她去臥底的上司應該要負起責任。

荒川說：「單從監視器來看，她只是開車出現在犯罪現場，無法確定是否參與行凶。」

日野發言：「可是看起來是跟其他人一起行動。」

荒川對他說：「只是看起來而已，還不能斷定。光靠這段影片不能證明什麼。」

「也就是說……」宇田川說：「檢察官和法官也無法證明囉。」

「沒錯。」植松說道：「不過，這只是樂觀的預測。就算只有情況證據，檢方鐵定也會設法起訴。」

「或者是……」日野說：「不擇手段也要找出物證或逼她招供。」

宇田川問日野：「為什麼？檢察官應該多少能理解警察的立場吧。」

日野搖搖頭：「正因為彼此的關係密切，才要更嚴格。他們想向世人強調對警界醜聞毋枉毋縱的態度。」

荒川說：「總而言之，還不清楚這位特殊班的大石被監視器拍到時在做什麼，說再多也沒用。我們的任務是要揪出殺害細木宗之的凶手。」

植松同意：「沒錯。也看一下除了大小姐以外，被監視器拍到的人吧。」

日野聞言，再度打開筆記型電腦，播放影片。

除了大石以外，至少還拍到兩個人的身影，但天色太暗，無法判斷那兩個人是誰。

「SSBC應該能發現什麼。」荒川說道：「只能指望他們了。」

「說的也是。」

植松如是說的時候，手機再次收到郵件。

附加檔案是另一張大石的照片，臉和髮型都和剛才一模一樣，只是服裝變了，換成白色的絲質襯衫。人事負責人把大石的臉移花接木到其他人的身體上，但是用來認人已經很足夠了。

「收到照片了。」宇田川報告。

植松說：「你和荒川警官一起去會會堂島，請他確認。」

宇田川和荒川走進偵訊室，堂島露出驚訝的神情。

大概是很疑惑負責偵訊的調查員怎麼會換人。

宇田川拿出手機，讓他看大石的臉部照片。

「你見過這個女人嗎……？」

堂島皺著眉頭端詳。

「見過啊。」

「你知道她是誰嗎？」

「知道啊，就是那個新來的員工。這時期很少徵人，所以我記得很清楚。」

「去取車的就是這個女人嗎？」

「沒錯。」

「可以請你詳細地告訴我當時的情況嗎？」

「哪有什麼情況……」堂島一臉嫌麻煩的表情：「我接到兵藤大哥打來借車的電話，我說我開去給他，他說不用麻煩，會有人來取車，要我在家裡等，結果那個女的就來了。」

「那是什麼時候的事？」

「你是問她來取車的時間嗎？還不到八點吧，大概是七點四十分左右……」

N系統於晚間七點四十二分在麻布十番拍到這輛車，與他的證詞一致。

「兵藤打電話給你的時間呢？」

「七點左右。」

換句話說，兵藤是在七點之前認為有用車的必要。

「關於來取車的女人，你知道些什麼嗎？」

「什麼……不就是個新進員工嗎……」

「名字呢？」
「都說我不知道了，誰會一一記住新進員工的名字啊。」
「那你知道她是怎麼進公司的嗎？」
「細節我哪會知道，我又不是人事負責人。」
「你什麼都不知道嗎？」
「頂多只知道她曾經打過一陣子工……」
「一陣子？大概多久？」
「我哪知道，大概一個月左右吧。」
也就是說，大石早在一個月前就與「麻布台商事」搭上線了……。
「打工的工作內容是什麼？」
「都說我不清楚細節了。既然是打工，無非是打雜吧。」
「與兵藤有沒有什麼關係？」
「你說兵藤大哥和新進員工嗎？」堂島愣了一下：「怎麼可能？」
宇田川不想再追問下去，但是又不曉得該問些什麼。

如此一來，換堂島問他：「那個女人做了什麼？」刑警問話的時候絕不能回答對方的問題。務必要讓對方知道，只有刑警才能問問題。

然而，宇田川卻不小心說溜了嘴。

「沒什麼。」

「沒什麼的話，你何必那麼緊張。」

堂島臉上浮現出冷笑。他剛被捕的時候肯定沒有這麼從容。大概是隨著時間經過，判斷自己的嫌疑不大，從而生出餘裕來。這麼一來，接下來可能會很無聊也說不定，於是開始調侃年輕的宇田川。

「比起那個女人……」荒川警告堂島：「你還是多擔心自己一點。萬一成為殺人共犯，可有你好受的。」

堂島臉色大變。

「你說我是殺人共犯？我只是借車給他而已。」

「可是啊，那輛車被用來搬運被害人，要證明你的清白可不是一件容易的事。」

堂島啞口無言。

真不愧是老鳥——宇田川心想。自己顯然漏洞百出……。

宇田川問荒川：「還有什麼要問的嗎？」

荒川默不作聲地搖搖頭。

10

宇田川心亂如麻地回到搜查總部，總覺得應該再多問出一點什麼。

植松問宇田川：「問得如何？」

「堂島看過照片，確定是大石。」

「馬上去向管理官報告。」

「是。」

宇田川與荒川一起走向管理官的座位。

池谷管理官問宇田川：「什麼事？」

「我給堂島看了大石陽子的照片，他供稱去取車的女人是大石沒錯。」

「了解。」

「那個……」

「還有什麼事？」

「大石會有什麼下場？」

池谷管理官一臉訝異地看著宇田川。

宇田川無法分辨他是對自己被問到這個問題感到驚訝，還是對問題的內容感到意外。

池谷管理官說：「這種事，我怎麼會知道。」

他都這麼說了，宇田川也無可奈何，向池谷管理官行了一禮，轉身離開。

回到調查員的座位，植松說：「你去偵訊的時候，負責打聽被害人交遊狀況的人回來了，帶回很多情報。被害人細木宗之好像是古柯鹼的藥頭，住在江戶川區，但是卻在六本木及西麻布一帶買賣。」

宇田川一下子意會不過來，荒川倒是一臉驚詫地說：「嚇死我了，居然是古柯鹼，而不是興奮劑或合法毒品……」

「沒錯。」植松也同意：「真想不到。」

宇田川問：「為什麼想不到？」

植松皺眉：「你又不是剛畢業的學生，多多少少也累積了一些當警察的經驗吧。」

「我過去和組對又沒有交集。」

「古柯鹼是高檔貨。在美國，吸食古柯鹼的都是有錢人，像是當紅的歌手、電影明星、企業家、律師……只有上流社會的人才買得起古柯鹼，它與興奮劑完全不是同一個檔次。海洛英也是高檔貨，但古柯鹼比海洛英還高級，絕不是這一帶藥頭有本事經手的東西。」

荒川補充：「海洛英雖然比興奮劑貴，但是因為來源的關係，在市面上還算是流通得廣。亞洲栽培了很多傳統上用來製造海洛英的罌粟，例如位於泰國、緬甸、寮國國界的金三角……。據說北韓為了賺取外匯，還把生產海洛英當成國營事業。」

植松說：「換句話說，細木這個小流氓居然能販賣古柯鹼，這點非常令人意外。」

荒川對植松說：「先前提過差點倒閉的『麻布台商事』因為有海外資金的挹注而重新站穩了腳步，會不會跟這狀況有什麼關係？」

植松同意他的推測：「正確地說，是所謂的併購。」

「不是重新站穩腳步，而是被買下嗎？那麼現在的『麻布台商事』算是外商公司囉。」

「大概是美國企業的日本分公司吧。而負責進行併購作業的就是伊知原組。」

「所以『麻布台商事』才會變成伊知原組的傀儡公司。」

「由於總公司遠在國外，伊知原組可以為所欲為。」

「那家位於美國的總公司是什麼樣的公司？」

「我沒問得這麼仔細。」

荒川對植松的回答聳聳肩：「無妨，大致想像得到……」

宇田川問道：「想像得到什麼？」

「這個嘛……」荒川有些慌張地說：「這只是我的想像。」

「沒關係，請問是什麼樣的想像？」

「那家公司的背後會不會有麻藥組織在操控的想像。」

植松搖頭：「應該有不少人都跟你想到同一件事吧。遇害的細木是古柯鹼的藥頭。提到古柯鹼，就想到美國和南美。難怪會被麻取或組對盯上。」

日野說：「可是，麻取或組對什麼都沒說不是嗎？」

植松冷笑著說：「那群人在想什麼，我大概能想像得到。」

宇田川嘀咕：「怎麼全都是想像。」

「有什麼辦法，誰叫事實還不明朗。」

「所以呢，請問他們在想什麼？」

「麻取或組對的目標是『麻布台商事』背後的海外勢力，說得更具體一點，大概是美國或南美的麻藥組織。」

荒川補充：「麻藥組織這條線目前還只是想像。」

宇田川說：「大石是為了調查這件事才被派去臥底？」

植松沉思了半晌之後回答：「恐怕是的，可是……」

「可是什麼？」

「或許誰也沒想到她會捲入命案之中……」

「如果是這樣，未免也想得太天真了。對方是海外的大規模組織不是嗎？」

「一般來說，應該會事先想好救援行動……」

「救援行動……」

「一旦臥底搜查官身陷險境，必須救他出來。救援行動就是為了那個時候的方案。藉由強行搜查帶回臥底搜查官是常見的作法。」

「不是真的逮捕，只是為了救出臥底搜查官而演的一齣戲吧？」

「原本或許是那樣的計畫沒錯，但發生了意料之外的事……」

「這應該也要在預料的範圍內才對吧。」

「要是那樣就好了……」

「還是拜託土岐警官，請他蒐集情報吧……」

「怎麼，當初說沒這個必要的可是你喔。」

「狀況跟那個時候不一樣了……」

植松想了一下後說道：「說的也是……明白，我這就打電話給土岐。」

荒川問植松：「你們口中的土岐是……」

「是我的同期，目前在搜查一課的特命搜查對策室，他的特殊技是從做夢也想不到的地方打聽出千奇百怪的祕密。」

「也能從特殊班口中問到什麼嗎？」

「別人我不敢說，但土岐肯定能幫我們找出知道某些內幕的傢伙。」

「那沒理由不請他幫忙。」

「我馬上打電話。」

植松拿出手機。

兒。

植松站起來，站在離宇田川他們稍遠的地方打電話給土岐，講了好一會

掛斷電話，植松回到眾人身邊說：「土岐也說他自從上週五見過大小姐之後，就一直放心不下，所以會幫我們打探消息。」

土岐的話，一定能打聽到什麼。宇田川對土岐的信賴就是這麼深厚。

「接下來……」荒川說道：「我們再去一趟麻布署吧。」

宇田川忍不住反問：「麻布署嗎？」

「沒錯，再去問一次丸暴的竹本。」

荒川說完，拿出手機，打電話給竹本，詢問對方有沒有空。

掛斷電話，荒川告訴宇田川：「竹本說他暫時還會待在署內。」

「要問他什麼？」

「這得見到竹本才知道。」

還以為荒川在打馬虎眼，但好像不是，真的是還不曉得要問什麼。

「那就馬上過去吧。」

「等一下啦，先吃飽再說。」

「又是便當嗎？」

「對呀。難得有免費的便當可以吃。」

看了看時鐘，已經晚上六點半。宇田川也贊成先吃飯。吃完便當，他們晚上七點離開搜查總部。

「請坐。」

竹本和稍早之前一樣，指著空位說道。

「不用了，我們沒打算久留，站著就行了。」

荒川的反應也與稍早之前幾無二致。

吃完便當，前往麻布署，整個過程都跟中午一模一樣，令宇田川充滿似曾相識的感覺。

「那麼……？」竹本問：「有什麼白天忘記問的事嗎？」

荒川回答：「在那之後又發現了很多事，能再請教你一下？」

「我知道的事都已經告訴你了。」

「麻取或本部的組對部好像在暗中調查『麻布台商事』。」

「嗯。」

「具體來説，已經調查到什麼程度了？像是盯上他們的是麻取？還是組對部……？」

竹本苦笑：「哎呀，這我白天也説過了，我們什麼都不知道……」

「或許還沒得到詳細的説明，但如果什麼都不知道，你們也不可能會服氣吧。我又不是第一天當警察了。」

竹本的苦笑消失在臉上。

「呃，就算你這麼説……」

「我沒有要責怪你的意思。我是在拜託你，希望你能把知道的事告訴我……」

「關於堂島的事，我已經告訴你了不是嗎？」

「被害人細木宗之那個小混混賣的不是興奮劑或合法毒品，而是古柯鹼喔。」

「欸，古柯鹼……。他居然抓到那麼肥的客人！」

「他是從哪裡弄到古柯鹼這種高檔貨？」

「天曉得……你問我也沒用……。」

「我只能問你了。」

「什麼意思？」

「細木在六本木及西麻布販賣古柯鹼。出現這種藥頭，風聲不可能不傳開，自然也會傳到你們轄區組對的耳朵裡。」

「我們也有不知道的事。」

荒川露出被他打敗的表情。

「不知道麻取或組對暗中調查的事，也不知道藥頭的事，居然還能當組對！」

「我們還有其他許許多多的工作要做。」

「我也是轄區的刑警，你們平常在做什麼，我大概想像得出來，所以才說你不可能不知道……」

宇田川也有同感。

宇田川也有在轄區執勤的經驗，警察局蒐集當地情報的能力可是很驚人的。

從那個地區的暴力集團成員到流氓、小混混……各式各樣的消息應該都會傳入組對的耳中。

但竹本卻說他不知道。

可以想到的可能性只有兩種，一是竹本是個無能到令人傻眼的冗員，真的不知道暗中調查和藥頭的事。

另一種可能性是他在說謊。

宇田川認為是後者，荒川似乎也這麼想，所以才特地再跑一趟麻布署。

竹本皺著眉頭說：「你也是轄區刑警的話，應該能體諒我的立場。」

「上頭下了封口令嗎？」

竹本不回答。

荒川繼續說：「我們可是在偵辦殺人案喔，能否請你與搜查總部合作一下。」

竹本的表情愈發為難。

「地球又不是圍著殺人案的搜查總部轉。」

「什麼意思？」

竹本大大地嘆了一口氣。

「聽清楚了，組對也有組對的立場。你們強行犯係或搜查一課大概以為殺人案比什麼都重要，可是啊，恕我直言，也有人認為還有比殺人案更重要的事。」

宇田川不明白這句話的意思，眉頭深鎖。

殺人是惡行最重大的罪愆，宇田川認為沒有比這更重要的事。

荒川說：「我明白你的意思，你是想說麻取或組對的調查與國家存亡有關對吧？」

竹本聳了聳肩。

「說得誇張一點，就是這麼回事。不需要舉鴉片戰爭為例，但麻藥或興奮劑的確會讓國家滅亡。這並不是歷史上的事，南美至今還有些國家和地區因為麻藥或興奮劑處於無政府狀態。」

「但也不能因此就不盡全力偵辦殺人案啊！」

「我也這麼覺得。可是啊，我也不能冒著洩露情報的危險協助搜查總部。」

「只要告訴我，對你下封口令的是麻取還是組對部就好了。」

竹本靜默無語地考慮了好一會兒。

荒川也一聲不吭，感覺像是在等竹本下定決心。

竹本終於鬆口：「是麻取。」

「原來如此……」

恐怕是麻取和警視廳本部的組對部已經談妥條件，所以轄區的組對課才無法出手，對外也不能多說半句。

「我明白了。」荒川說道：「再告訴我一件事。你認識細木嗎？」

「不知道名字，但的確聽說過有人在賣古柯鹼的風聲。」

「進貨管道呢？」

「不知道……」

「是真的不知道，還是知道但不能說？」

「無法確定，因為目前還處於無法對那傢伙出手的狀態。」

「所以是放長線釣大魚囉？」

「我已經說過好幾次了，我們又沒有暗中調查，是不是放長線釣大魚，我們怎麼可能會知道？可以確定的只有轄區不能隨便出手。」

宇田川認為這句話等於是默認了荒川的假設。

並未明確否認，即為肯定的意思。就跟官僚的答辯一樣很難理解。然而，竹本也只能這樣說。

雖然想協助荒川，但又不能說得太明顯。

荒川應該也了解他的難處。

「我明白了。最後再回答我一個問題。」

「什麼問題？」

「關於『麻布台商事』的臥底調查，你知道些什麼嗎？」

「什麼……？」竹本露出茫然的表情，「這句話是什麼意思？」

從他的表情和態度，在在顯示出他什麼都不知情。

荒川說：「不，沒什麼。當我沒說。」

離開麻布署，荒川喃喃自語：「麻取啊……」

厚生勞動省地方厚生局麻藥取締部。

池谷管理官也說了，掌管整個警界的警察廳是「廳」，對方是「省」。

想也知道他們會覺得自己的地位比較崇高。

宇田川說：「真棘手啊。」

荒川正想說些什麼的時候，宇田川的手機震動了起來。

是沒見過的電話號碼。

「我接一下電話。」

先接起來再說。

「喂，我是宇田川。」

「我是蘇我。」

「是你啊……」

「我有話跟你說，可以見個面嗎？」

「我現在在搜查總部，沒有自己的時間。」

「是關於大石的事。」

「大石的事……？」

宇田川鸚鵡學舌地重複，荒川看了宇田川一眼。

「什麼意思？」

「見了面再告訴你。」

「我沒辦法馬上答應你，晚點再打電話給你，這個號碼可以回撥嗎？」

來電顯示是手機號碼。

「可以，我暫時會用這個號碼。」

「了解。」

掛斷電話。

荒川問他：「誰打來的？」

「同期一個叫蘇我的傢伙。原本是公安的人，後來被懲戒免職……」

「懲戒……？」

「說來話長……。他和大石的關係也很好，說是要跟我討論她的事……」

「看來最好馬上回去跟植松警官商量。」

荒川邁步向前，宇田川追了上去。

11

回到臨海署的搜查總部，荒川一個箭步走向植松。日野也在植松身邊。

荒川對植松說：「有個姓蘇我的傢伙打電話給小子。」

植松望向宇田川：「蘇我……？」

「沒錯。」宇田川回答：「他說想跟我討論大石的事……」

「對於大小姐的事，蘇我肯定知道些什麼，才會在這個節骨眼打電話來。」

「我當然也是這麼想的。」

「我們也想聽聽他怎麼說，但蘇我說他只想見你吧。」

「關於這點，他倒是沒說什麼。只說想跟我見面，有話要跟我說……」

「馬上去見他。」

「可是，我還有搜查總部的工作……」

荒川說：「這邊就交給我吧。」

「呃，可是……」

怎麼好意思要資深的前輩幫自己做事。

荒川打斷宇田川的遲疑：「只要能從那個姓蘇我的傢伙口中問出關於大石的事，或許能成為破案線索。」

植松問荒川：「你們剛從麻布署的組對回來吧？打聽到什麼了？」

「他們好像知道細木在販賣古柯鹼，只是被麻取下了封口令，不能插手，也不能多說。」

「果然是麻取啊……」

荒川壓低聲線問植松：「你認為管理官知道嗎？」

植松不動聲色地瞥了管理官的座位一眼。

「不好說……。知道這件事的或許是更高層的人，例如部長或是參事官……」

「你的意思是，管理官沒有被告知嗎？」

「因為硬要說的話，管理官算是偏向現場的人。」

「要不要讓他知道我們從麻布署打聽到的消息？」

植松沉吟了半晌之後說：「我想向他報告本部的組對部或麻取已經盯上『麻布台商事』的事，這個應該要報告吧。」

「說的也是。」荒川說道：「那我去報告了。小子去見那個姓蘇我的傢伙。」

宇田川點點頭：「好的，我去打電話。」
荒川走到池谷管理官身邊。
宇田川拿出手機打電話給蘇我。只響三聲，對方就接起來了。
「喂。」
是蘇我的聲音沒錯。
「我是宇田川。」
「可以見面嗎？」
「可以。」
「那九點在赤坂那家西班牙餐廳碰頭。」
宇田川看了看時鐘，已經八點半了。
得立刻出發，否則會來不及。
「待會見。」
宇田川丟下這句，掛斷手機，告訴植松：「我們約九點在那家西班牙餐廳見面，我得馬上出發……」

「快去！」

宇田川離開搜查總部。

平常辦案的時候很少坐計程車，但這時候就應該要善用計程車。

抵達約好的餐廳時，剛好九點整。熟悉的經理帶他到最裡面的座位。

蘇我就坐在那裡。

「先吃晚餐吧，我已經隨便點了。」

他的語氣還是老樣子，沒有任何緊張感，表情也很散漫。

宇田川在他對面的位子坐下，確定周圍沒人之後說：「比起吃飯，先討論大石的事。」

「搜查總部一旦成立，肯定都吃得很隨便吧。既然來了就邊吃邊聊。」

蘇我啜飲著紅酒。

跟他說話的時候，有時會氣急敗壞起來。但宇田川很清楚，催他是沒用的。

蘇我只會照自己的步調說話，從以前就是這樣。

這天，宇田川也果斷放棄，既然催他沒用，只好配合蘇我的步調。

「我要一杯不含酒精的啤酒。」

生火腿、西班牙蛋捲、蒜香蝦、淡菜等陸續上桌。

桌上擺滿料理時，蘇我以閒話家常般的口吻說：「你知道大石正在進行麻藥的搜查嗎？」

宇田川稍微探出身子。

「我再確認一次，在這家店討論這個話題真的沒問題嗎？」

「沒問題。」

「我猜她在一家叫『麻布台商事』的專門商社打了一個月的工，大概是上週五被錄取為正式員工。這就是所謂的臥底調查吧？」

蘇我點頭：「你知道這麼多的話，接下來就好談了。大石的救援行動好像無法運作。」

「救援行動無法運作是什麼意思？」

「就是沒辦法救她出來的意思。」

「只要前往搜索，救她出來不就行了？」

「敵人沒有任何破綻，所以拿不到搜索票，無法強行搜索。」

「應該還有別的方法吧？」

「沒錯，還有別的方法。至於是什麼方法，就要靠我和你負責想出來。」

「等一下，這句話是什麼意思？」

「事先準備好的救援行動無法運作，B計畫就是換我出動，然後你也要幫忙。」

宇田川聽得一頭霧水。

「可是你已經被懲戒免職了。」

「你不可能真的相信這種鬼話吧？」

「為什麼不能真的相信……。你什麼也沒解釋，我當然只能真的相信。」

「我還以為上次的案子已經足以讓你理解我的立場。」

「這也太強人所難了，給我說明清楚！」

「嗯……不能從我的口中說出來耶，身分一旦暴露就失去意義了。希望你聽到這裡就能明白。」

宇田川明白他的言下之意。

蘇我負責處理接獲公安特別命令進行臥底調查的案子。想當然耳，警視廳檯面上並沒有這種制度。

臥底調查這件事，目前還是違法的。

然而，犯罪漸趨多元化、國際化，有時候光靠傳統的偵辦手法無法因應現代化的犯罪。

另一方面，公安的想法似乎跟一般的犯罪調查有所出入，比起逮捕犯罪者，他們的對手是國家的敵人。

美國的CIA和俄羅斯的FSB那種實動部隊也稱為公安。換言之，他們在調查犯罪的同時，也身兼諜報工作。這一類的工作經常會超出法律的規範。

宇田川認為蘇我的立場或許也是這種違法活動的一環。

「由你出動……意思是你要救大石嗎？」

「簡單地說，就是這個意思。」

「那如果不簡單地說，又是什麼意思呢？」

蘇我聳了聳肩。

「我被懲戒免職了，既沒有警察手冊，也不能配槍，什麼權限也沒有，所以想請現在還是警察的你幫忙。」

「為什麼是我……」

「因為要救的是大石，你一定會幫我。」

「別說傻話了。派大石去臥底的肯定是她的上司。只要高層負起責任來救出大石就好了，輪不到我出場。」

「警方檯面上可不承認誘捕行動或臥底調查，所以檯面上不能有任何行動，因為媒體隨時都在看著，一個搞不好，警視總監的烏紗帽就要飛掉了。」

「關我什麼事？該負的責任就要負！」

「所以才會有我的存在啊！」

「你是什麼存在？」

「講得誇張一點，相當於法外人員的存在吧。」

「那不講得誇張一點的話，又是什麼樣的存在？」

「警方的外包業者。」

「工頭是警察廳的ZERO嗎？」（註：ZERO隸屬於警察廳警備局的警備企畫課。）

蘇我聳肩：「不予置評。」

……也就是默認的意思。

江湖傳聞，所有的臥底搜查官都歸ZERO管，提供線索給公安的線民也全都在ZERO的掌握之中。

宇田川說：「關於大石，我有好多問題要問你。」

「……也就是說，你肯幫忙了？」

「我沒這麼說。」

「不管怎麼說，你都會幫忙。你不可能對大石見死不救。」

或許正如蘇我所說。

既然警察組織無法對大石伸出援手，那麼他無論如何都要救出大石。

只是，被蘇我指出這一點，總覺得有點不太舒坦。

宇田川繼續追問：「麻藥搜查是組對負責的案子，為什麼非得派刑事部搜查一課的大石去臥底不可？」

「因為大石很優秀吧，上頭對她伸出了橄欖枝。」

「這算什麼回答！」

「你知道這次的案子是由厚勞省的麻取主導嗎？」

「嗯，知道。」

「麻取和警視廳本部的組對部，打算在走私上岸時一網打盡躲在『麻布台商事』背後的美國麻藥組織，阻止他們利用『麻布台商事』進軍日本。」

荒川說「這只是我的想像」指的就是這件事。

看樣子他的想像是正確的。

「為了得到這方面的情報，才派大石去『麻布台商事』臥底？」

「就是這麼回事。」

「為什麼是大石……」

「雖說由麻取主導，實動部隊還是警視廳，因為人數相差太多了。麻藥取締官的人數跟警察根本不能比，全國的麻藥取締官加起來只有兩百九十六人，訓練的強度也不可相提並論。對方雖然高高在上擺出一副專業的嘴臉，但是以司法人員的訓練強度來說，顯然是警察技高一籌。」

「所以呢……？」

「儘管人數和訓練強度都不夠，麻取還是執意採取誘捕行動。站在警視廳的立場，無論如何都想掌握主導權。……為了取得有用的情報，不惜進行臥底調查。說到底，臥底調查本來就由警察廳警備局的警備企畫課統一管理。」

「警備企畫課就是ZERO吧。你還跟ZERO牽扯不清嗎？」

「我剛才也說了，對於這件事我不予置評。負責管理臥底調查的人隨時都在尋找優秀的人才，單位不是他們考量的重點。大石算是很引人注意的存在，所以儘管隸屬於SIT，還是接到了特殊命令。」

「為了對抗麻取，要大石去從事這麼危險的任務？」

「這種想法不太可取。這都是為了組止美國的麻藥組織進入日本。如果不在上岸時一舉成擒，古柯鹼就會在國內蔓延。」

「既然是危險的任務，就應該規畫好萬全的救援方案。」

「很萬全啊。」

「你不是說無法運作了？」

「那是檯面上的說法，我就是為了這種情況存在的。」

「你一個人能做什麼？」

「一個人什麼都辦不到呢，所以才請你幫忙。」

「光靠我們兩個，怎麼可能對抗得了美國的麻藥組織和伊知原組？」

「只要你願意出馬，植松警官和土岐警官也會共襄盛舉吧。」

「就算是這樣，也只有四個人。」

「四個人就夠了。又不是要殲滅麻藥組織或暴力集團，只要能救出大石就行了。」

宇田川猛搖頭：「你怎麼能這麼樂觀？」

蘇我又聳聳肩：「因為沒有必要悲觀啊。」

「光是伊知原組就很難對付了，背後還有美國的麻藥組織，怎麼想都樂觀不起來吧！」

「暴力集團或麻藥組織最怕警察。聽好了，你說只有四個人，但是在這四個人背後，還有二十五萬名警察撐腰。」

「你就是指望背後那二十五萬大軍才找我幫忙吧？」

「對呀。」蘇我一臉坦然地回答：「誰教我已經不是警察了。」

無法分辨哪句話是他的真心話。

蘇我從以前就這樣。不過，他應該是認真的。

「具體要怎麼做？」

「我還沒想到。」

宇田川大為傻眼。

「那我要怎麼幫你？」

「還不清楚大石現在是什麼狀況，必須先掌握這一點。」

「她出現在殺人現場的可能性很高。」

儘管如此，蘇我依舊不為所動。

「殺人……？細木宗之的命案嗎？」

「沒錯。好像是由大石負責開車搬運被害人，監視器拍到她了。」

「哪裡的監視器？」

「設置在據研判可能是被害人遇刺的倉庫前。」

「刺殺被害人的是誰？」

「我們拚命地調查，就是為了搞清楚這點。但光看影片會懷疑大石涉案。」

蘇我苦笑：「怎麼可能？」

「天曉得。你想像一下臥底的狀況，就算細木在眼前遇刺、被推進海裡，她也不能阻止。在那種情況下，要是出手阻止，一定會被當成共犯。」

「只能相信大石沒有涉案，把她救出來。」

「就算救出來，也有遭起訴的可能。萬一她真的在殺人現場，檢察官可能會主張她也是共犯。因為檯面上不承認臥底調查，大石可能會被問罪。」

蘇我沉思了好一會兒，喝下一口紅酒後說：「我會想辦法，別讓事情變成那樣。」

「這大概不是你想辦法就有辦法的事。」

「總是會有辦法的。」

蘇我看起來還是一派泰然自若。聽他這麼說，就好像真的會有辦法，著實不可思議。

「土岐警官正在幫忙打聽大石的事。」

「打聽大石什麼事……？」

「這還用說嗎，我們對大石目前在做什麼一無所知，只是在偵辦的過程中，懷疑她是不是臥底調查……。可是卻不知道SIT的大石為何要為組對的案子去臥底。」

「只會縱向思考是公務員的壞習慣。」

「你也曾經是公務員好嗎。不對，現在也還是吧？」

蘇我不回答這個問題。

「經過我的說明，你已經知道大石為何會從事與麻藥有關的臥底調查了吧。」

「你是指不需要再請土岐警官打聽……？」

「不，還是請他打聽一下好了。必須搞清楚還有誰知道臥底調查的事。」

「這你不知道嗎？」

蘇我搖頭；「我只知道大石正在進行臥底調查，必須救出她的事實。」

「了解。我跟植松警官討論一下，也必須告訴名波係長和管理官。」

「臥底調查屬於機密事項，知道的人愈少愈好……」

「我不能不讓名波係長知道，擅自行動。」

「係長一旦知道，就得向管理官報告。管理官一旦知道，就得向課長報告。而課長或許會向部長報告。知道的人愈多，被媒體知道的風險就愈大。

這麼一來，大石的營救行動就會陷入困境。」

宇田川陷入沉思。蘇我雖然沒有明說，但顯然是要自己別讓上級知道，祕密進行行動。

無論如何，的確要慎選透露的對象。

「這點我再和植松警官一起研究。」宇田川說道。

蘇我點頭同意：「就這麼辦。我會繼續蒐集情報，思考具體的解救方案。」

決定協助蘇我之後，肚子突然好餓好餓。宇田川決定先解決完眼前的食物，再回搜查總部。

12

回到搜查總部，立刻走到植松面前。植松正與荒川交談，日野則默默地注視著他們。

植松留意到宇田川。

「哦，怎麼樣了？」

宇田川確定周圍沒有其他人，將蘇我告訴他的事轉述給植松等人聽。

聽完他的轉述，荒川開口：「果然是臥底調查……」

日野一臉驚訝地說：「真是難以置信，真的會做這種事啊……」

植松說：「我聽說在諜報的世界，無力救援就等於抹殺的意思。蘇我該不會要大小姐從世界上消失吧。」

宇田川大驚失色地說：「怎麼可能……。蘇我沒說無力救援，他是說救援行動無法運作。」

「但願不是同一個意思……」

「我認為最好也讓土岐警官知道。」

「說的也是。」植松說道：「那傢伙應該還一無所知地在打聽大小姐的消息。」

「還有，我認為應該向係長報告，但蘇我說知道臥底調查的人愈少愈好。」

「他說的沒錯，但也不能不向係長報告大小姐去臥底調查的事，否則大小姐會被通緝。」

「不能瞞著上面的人救出她嗎？」

植松搖頭：「這麼做肯定會弄巧成拙。只要別走漏風聲就好。名波係長應該很清楚該怎麼做。」

宇田川同意：「我也這麼覺得。那麼，我去向名波係長報告。」

「就這麼辦。隱瞞是最要不得的行為，知道什麼就該向上級報告。」

很多事之所以會鬧大，基本上都是因為隱瞞或說謊的行為後來穿幫。一開始就據實以告，反而能避免掉許多麻煩。

宇田川走向管理官的座位，對名波係長說：「我有事要報告。」

「什麼事？」

池谷管理官就在旁邊，宇田川有些迷惘，但也不能只要求係長借一步說話。

下定決心，決定也讓管理官知道。

「蘇我打電話給我……。他從某個管道得到大石正在進行臥底調查的情報。」

名波係長皺眉：「蘇我嗎……」

池谷管理官問道：「你們口中的蘇我是何方神聖？」

宇田川回答：「是我的同期，被懲戒免職的那個人。」

「哦……」池谷管理官說：「我想起來了。的確有這號人物。他原本是公安的人吧？」

名波係長露出思索的表情。

「大石是特殊班的。……也就是說，跟我們一樣是刑事部搜查一課，為什麼要調查組對的案子？」

「臥底調查全都是由警察廳的警備企畫課管理，聽說會跨部門吸納人才。」

名波係長的臉色有些不悅。

「ZERO啊……」
「據蘇我透露，救援行動無法運作。」
名波係長問池谷管理官：「課長知道這件事嗎？」
「很難說……」
「那個……」宇田川對池谷管理官說：「我可以請教一個問題嗎？」
「什麼問題？」
「您向課長提過監視器拍到大石的事嗎？」
「我打電話告訴他了。」
「課長怎麼說……？」
「他只說了一句『這樣啊』。」
名波係長說：「這表示他早就知道了吧。」
池谷管理官驚訝地看著名波：「既然知道，應該會告訴我們不是嗎。」
「或許是被下了封口令，又或者是他認為得要祕密進行……？」
「就算要祕密進行，也遲早都會知道，眼下就收到這樣的情報了。」

「或許不能由課長主動透露。」
池谷管理官看了看時鐘。
「十點半了……。我打電話問問……」
池谷管理官拿出手機，打到課長的手機。
名波係長與宇田川沉默地注視著他的舉動。
「喂，我是池谷。關於特殊班那名女警的事……。沒錯，姓大石那位……我們得到有力的線索，指她正潛入『麻布台商事』臥底。」
池谷管理官說到這裡，豎耳傾聽田端課長在話筒那頭的指示，不時附和。
「了解。」不一會兒，池谷管理官就掛斷電話，對名波係長說：「課長說他現在過來。」
「來搜查總部？」
「沒錯。」池谷管理官對宇田川說：「課長想請你詳細地說明來龍去脈。」
宇田川回答：「好的。請問課長從哪裡出發？」

「課長官舍。」
搜查一課官舍位於目黑區碑文谷。這個時間應該不會塞車。
名波說：「搜查總部還有誰知道臥底調查的事？」
「植松警官、荒川警官還有日野。」
池谷管理官交代宇田川：「那就到此為止，代我向他們下封口令。等課長一到，請他們也一起過來。」
「是。」
「那麼在課長來之前，你先回去待命。」
宇田川行了一禮，離開管理官座位。
回到大家都在等他的地方，植松立刻發問：「管理官怎麼說？」
「課長現在正趕過來，要聽我再詳細地報告一遍……。屆時各位也要在場。」
荒川說：「各位是指我們這三個人嗎？」
「是的，還要我代為下封口令。」

植松贊成：「這事關大小姐的性命，絕不能走漏風聲。既然課長說要聽你詳細報告，表示他不知道臥底調查的事……」

「這可就難說了。說不定是想確認我們知道多少。」荒川說道。

「也罷，待會兒就知道了。」植松說：「我打電話給土岐了。」

「土岐警官有說什麼嗎……？」

「他說茲事體大，想過來當面討論……」

「向課長報告的時候，請土岐警官也一起旁聽如何？」

「這個嘛……」荒川說：「管理官和課長會同意嗎……」

植松回答：「那就讓他們同意。畢竟土岐也知道這件事。」

植松又打電話給土岐。土岐說他馬上過來。

在那之後又等了好一會兒。

大約三十分鐘後，耳邊傳來「立正」的聲音，田端課長出現在搜查總部。

池谷管理官、名波係長、植松、荒川、日野及宇田川共六人聚集在講台上幹部座位的周圍。

附近沒有其他人。時間已經過了十一點，搜查總部內的人員只剩下小貓兩、三隻。

田端課長壓低音量說：「開始報告，是誰從哪裡得到消息的？」

池谷管理官回答：「是宇田川打聽到的。」

田端課長看著宇田川：「你是從哪裡打聽到的？」

「和我同期的蘇我打電話給我，見了面之後，他告訴我大石的救援行動無法運作。」

田端課長面有難色地反問：「救援行動無法運作……也就是說再這樣下去，等於要對大石見死不救嗎？」

見死不救這個字眼令人膽顫心驚。

「蘇我說他是救援的B計畫。」

「蘇我嗎……」田端課長陷入沉思。

池谷管理官問道：「您認識蘇我？」

「我知道他被懲戒免職了。」

「那個蘇我怎麼會……？」

「公安做的事，我們不可能理解。或許表面上將他懲戒免職，暗地裡又交給他一些特殊的任務。」

田端課長看著宇田川：「你知道些什麼嗎？」

「我什麼都不知道，但是曾想過或許是課長剛才說的那樣。」

田端課長點點頭，池谷管理官繼續發問：「那大石的臥底調查呢……？」

「要是知道早就說了，只不過……」

「只不過什麼？」

「我在特殊班呈上來的文件蓋章了，內容就是要派大石去訓練的事，我當時不以為意地蓋章。現在回想起來，原來那就是臥底調查。」

「聽說是警察廳的警備企畫課指名要大石去……」

「是組對提出的吧。組對為了對抗麻取，主動說要臥底調查，向警備企畫課提出申請，於是ZERO就找上大石。」

「救援行動無法運作是什麼意思……？」

「大概是原本要找個適當的時機前往搜索，藉此救出大石。但這時發生預料之外的事，細木被殺了。所以必須盡快救出大石，但是又還沒做好前往搜索的準備。事情一旦鬧大，臥底調查的事就會曝光，因此組對和痲取才會保持沉默。」

「派員前往傀儡公司進行臥底調查時，應該就要設想到會發生這種事吧。」

宇田川忍不住發難。說完之後，才發現自己說錯話了。

這種話輪不到他來說，可能會挨管理官或係長罵。

然而，沒人責備宇田川，田端課長也沒放在心上的樣子，宇田川鬆了一口氣。

「已經設想到了。」田端課長說道：「只可惜計畫趕不上變化。」

池谷管理官說：「因為來不及前往搜索，接獲特殊命令的蘇我便採取行動。就是這麼回事吧。」

「這麼想比較合乎情理。」

「然後蘇我來找宇田川幫忙……」

「問題就出在這裡。」田端課長的目光掃過宇田川等調查員說道：「原本應該由組對來收拾爛攤子。」

池谷管理官也表示同意：「說的也是。」

「沒想到發生了凶殺案，令組對也動彈不得。要是輕舉妄動，可能會干擾到細木命案的偵辦。不僅如此，要是硬把大石救出來，截至目前的麻藥搜查恐怕會全部化為泡影。組對和麻取都陷入進退兩難，只好找警備企畫課搬救兵。」

「於是警備企畫課就派出蘇我。」

「那恐怕是最後的手段。站在警備企畫課的立場，無論如何都希望在檯面下解決這個問題。因為檯面上的警察一採取行動，媒體可能會察覺到臥底調查的事。」

「可是光靠蘇我一個人，什麼也辦不到吧。」

「所以才找上人在搜查總部的宇田川。」

名波係長說道：「光靠蘇我和宇田川，還是什麼也辦不到。」

田端課長進一步壓低聲音說：「宇田川會和植松商量。而植松不是自作主張的莽夫，一定會說要往上呈報。只要向係長或管理官報告，就會傳到我耳中。換句話說，蘇我連這一步都計算到了。」

池谷管理官問田端課長：「所以呢？現在該怎麼做？」

「就靠目前在座的成員搞定。」

「搞定……。您是指救出大石？」

「不然是什麼。」

田端課長以不容質疑的語氣說，這是他下定決心時的特徵。

「可是，我們不清楚蘇我的身分及立場……」

「正在從事臥底調查的女警有危險不是嗎？一定得要有人去救她。」

「搜查總部的人有必要這麼做？」

「池谷管理官，你想想看，大石可能知道細木命案的內幕，說不定還親眼看到他被殺害的過程。」

「的確有這個可能……」

「既然如此，救出大石或許能讓案情出現重大的進展。」

「但檢方或許會懷疑她與命案有關。」

「她是目擊證人喔。」

「什麼……？」

「她不是犯人，頂多只是目擊證人。我們還得仰賴大石的目擊情報，不是嗎？」

池谷管理官也同意：「一點也沒錯。」

「由宇田川一個人負責和蘇我聯絡就好了。」

宇田川下意識地反問：「為什麼？」

「萬一苗頭不對的時候才能切斷與他的關係。」

「欸……」

「別露出那種表情。聽好了，ZERO先開除蘇我，再讓他從事地下工作，就是這個用意，這也是保護蘇我的方法。」

「保護蘇我……？」

「萬一對方知道他是警方的人，可能會有生命危險。這時與他斷絕一切關係，反而能消除他們對蘇我的懷疑。」

「是嗎……」

宇田川完全不能理解，但也只能點頭表示同意。

田端課長繼續說：「蘇我應該也接受了……」

田端課長說到這裡，看了門口一眼。

「呃，我記得你是特命搜查對策室的……」

宇田川等人不約而同順著課長的視線望過去。

植松向田端課長報告：「他叫土岐，是我的同期。」

土岐在門口停下腳步說：「打斷大家的討論了……」

田端課長對土岐說：「你應該不是搜查總部的人，有什麼事嗎？」

「呃，這個嘛……」植松代替欲言又止的土岐說：「他打聽了很多大石的事，也認識蘇我。」

「所以也知道這件事？」

「是的。」

田端課長點點頭：「那麼也讓他加入。請到這裡來。」

土岐稍微縮起了肩膀，走到宇田川等人身邊。

13

土岐加入講台前的集團。

「呃……」土岐一臉困惑地說：「加入？是要加入什麼？」

田端課長說：「關於大石的事，你已經知道了吧？」

土岐眨了眨眼，輪流看著植松和宇田川。

植松告訴他：「課長要我們這些成員救出大小姐。」

土岐看著田端課長說：「怎麼回事，事情好像變得很複雜……」

田端課長問土岐：「聽說你為了大石的事多方打聽，有什麼發現嗎？」

「什麼也沒有。特殊班的人什麼都不肯告訴我，我猜他們可能也不知情。」

「如果連我都不知情的話，係長以下的人或許真的不知情。」

田端課長的表情有些不高興。部下在自己不知情的狀況下被派去臥底調查，不高興是人之常情。

宇田川也覺得怒火中燒。

甚至覺得蘇我和大石去了自己所不知的陌生世界。

荒川說：「這些成員聚集起來太引人注目了，必須在搜查總部以外再另外找個據點。」

田端課長問荒川：「可有什麼不引人注目的地方？」

「跟別館要一個房間吧。」

「原本的水上署嗎……。聽起來不賴。」

東京灣臨海署，以前曾經和交通機動隊及高速公路交通警察隊的分駐所，一起擠在小小的警察署裡。

後來規模擴大，才將以前的水上署納入臨海署的管轄範圍內，水上署的廳舍就留下來當成臨海署的別館使用。

「我馬上去準備。」

「從現在起，你們就是直接受我指示的特命班。」

「了解。」

「那個……」日野開口：「我可以問問題嗎？」

田端課長說道：「請說。」

「這件事要向相樂係長報告嗎？」

田端課長與池谷管理官交換了一個眼神。

「知道的人愈少愈好，不要再往外傳了。」

「您的意思是說，不用讓相樂係長知道？」

「我就是這個意思。如同我說的，你們是特命班，這是我的特殊命令。名波係長也是，不准向其他係員透露。」

名波立刻回答：「遵命。」

「我是相樂係長的部下，萬一係長問起，我不能什麼都不回答。」

「都說這是我的特別命令了。」田端課長的口吻變得有幾分嚴厲：「萬一相樂係長真的對你說了什麼，你告訴我，我來跟他說。」

日野閉上嘴。

田端課長叮囑：「池谷管理官不能離開搜查總部，所以特命班由名波係長負責指揮，再打我的手機向我報告。」

「是。」名波係長一口應允。

「那就趕快移動到別館。」

已經是晚上的十一點四十分，可是沒有人口出怨言。

荒川打電話向別館要了一個房間。別館位於港區港南五丁目，就在填海造陸的港口旁邊。

從臨海署本廳舍過去必須橫跨彩虹大橋，平常都搭臨海線，但現在出發可能趕不上最後一班電車。

但也不能因此就貿然開偵防車過去，最後只得分乘兩輛計程車移動。

下計程車時，宇田川忍不住開口：「咦……棧橋就在附近。」

「這不是廢話嗎，」植松說道：「因為別館的水上安全課都是利用船工作的人啊。」

一行人被帶到每個警署都有的小房間。

後面是置物櫃，前面堆著紙箱。

房間的中央有一張四方形的桌子，四周圍著折疊椅，白板放在入口附近。

以名波係長為首，包括植松、土岐、荒川、日野、以及宇田川等六人在這個房間坐下時，已經是第二天的凌晨。

名波係長立刻問土岐：「特殊班的同事，都不知道大石被派去臥底的事……？」

土岐點點頭。

「嗯，應該沒錯，就連係長也不知情的樣子。」

「在此之前……」荒川說道：「是否能先介紹一下？我們今天是第一次

見面……」

名波說：「這位是搜查一課特命搜查對策室的土岐警部補。」

「我是臨海署強行犯第二係的荒川。這位和我一樣，是強行犯第二係的日野。如果我記得沒錯，你和植松警官是同期。」

「是的，我們是老交情了。」

植松問名波係長：「課長雖說是特命班，但我們到底該做些什麼才好？」

「這還用說，當然是逮捕殺害細木宗之的凶手，為此必須平安帶回可能是目擊證人的大石。」

名波係長的回答十分簡單明快。

問題是，植松想知道的不是「做什麼」，而是「怎麼做」。

宇田川也有同感。

植松問名波係長：「既然這件事是由麻取主導的麻藥搜查，應該向麻取詢問細節不是嗎？」

荒川告訴植松：「雖該如此，但他們完全不把警察放在眼裡，想必不會理我們。」

「只能死纏爛打到對方理我們為止。」

「比起痲取，去問組對的人比較好吧。還有伊知原組的兵藤孝，他顯然知道什麼內幕。」

植松看著名波係長。

「如何，要帶兵藤回來問案嗎？」

名波係長思考了半晌之後說：「當然要問他，但必須尋找最佳時機。要是沒有大石的事，馬上就可以拘提他到案……」

日野不明所以地問道：「為什麼不能拘提？堂島說借車的是兵藤，也已經知道那輛車用來搬運被害人，他肯定與這件事脫不了關係。」

荒川告誡他：「沒有任何證據能證明兵藤與命案有關。」

「就算沒有證據，要拘提他回來還怕沒有理由嗎？」

「拘提回來以後，你要問他什麼？問他是誰殺了細木？想也知道他不會說。如果沒有足以撼動他的資訊，就無法突破他的心防。」

「問他大石的事不就好了。」

「怕就怕這麼做會打草驚蛇。」

「打草驚蛇……？」

「如果在偵訊兵藤時提起大石，可能會讓他起疑。他的懷疑或許會轉向大石也說不定。」

「那該怎麼做？」

名波係長回答他的問題：「以大石的安全為最優先。要是無法平安救出她，就無法得到目擊情報。」

植松補充：「這是建立在大小姐有看到什麼的前提下……」

名波以充滿自信的語氣說：「她一定看到了什麼。負責開車的是她，也去過監禁被害人的倉庫。」

宇田川邊聽邊心浮氣躁起來。總覺得聽起來好像很有見地，但其實什麼內容也沒有。

找不到任何具體方案。換句話說，特命班正處於一籌莫展的狀態。

植松說：「堂島還在署裡嗎？」

名波係長回答：「對，還被關著。幸好律師也還沒來。」

「稍微再逼問一下堂島如何？」

「可是……」荒川說：「那傢伙好像真的只是借車而已，對案情一無所知不是嗎？」

「他可是傀儡公司的董事，怎麼可能什麼都不知情？」

植松這句話讓宇田川突然想到一件事。

「帶回堂島之後，『麻布台商事』有何動靜？」

眾人的視線同時集中在宇田川身上。

宇田川反而被大家的反應嚇到了。

「如果是一般的公司，董事被警方帶走肯定會引起軒然大波，更何況『麻布台商事』是傀儡公司。」

植松的表情變得嚴肅，宛如獵犬聞到獵物的氣味，問荒川：「麻布署的組對，對『麻布台商事』只能遠觀、不能出手對吧？」

「頂多只是奉本部的組對部和麻取的命令行事……」

「但至少知道公司是什麼狀況吧。」

荒川拿出手機。

「我問問看。」

時間已經是零點三十分，但荒川毫不猶豫地撥電話，想必是打給麻布署的竹本。

以安撫對方的語氣追問「麻布台商事」的狀況。不一會兒，荒川掛斷電話說：「對方剛好正奉命盯梢中，心情非常惡劣……」

宇田川問道：「您是打給丸暴的竹本警官嗎？」

「沒錯。好像接到本部組對的命令，正以二四體制監視伊知原組。」

他口中的二四體制是指二十四小時的體制。

植松說：「那樣心情不惡劣才有鬼。他怎麼說……？」

「『麻布台商事』和伊知原組表面上都很平靜……」

「表面上……？」

「沒錯。竹本是很有能力的丸暴，所以大概察覺到什麼了。」
「他沒說具體察覺到什麼嗎？」
「他說『憑什麼要向你們報告』。」
「也不是不能理解他的心情。」
「先前在麻布署對竹本逼得太緊，他可能不想理我了，還是問本部的組對部比較好吧。」
名波係長說：「本部的組對部啊……。直接找上門去，或許會吃閉門羹。既然是為了對抗麻取的臥底調查，肯定不想讓外人知道。」
植松說：「可是我們已經知道啦，事到如今也沒必要再隱瞞了。」
「問題是檯面上不可能承認。」
「那就在檯面下進行吧。」
植松問土岐：「你在組對部有認識的人嗎？」
「這個嘛，倒也不是沒有。」
「是否能向那傢伙打聽到什麼？」

「組對也是個大家庭呢。取締藥物是組對第五課的工作，我認識的人在丸暴第四課。」

「不能想想辦法？」

土岐聳聳肩回答：「好吧，我請那個人穿針引線，說不定能找到知道些什麼的人。」

名波係長說：「麻煩你了。」

「沒問題，我馬上去辦。」

這時，名波係長的手機震動起來。

「喂，我是名波。」

名波係長的表情變得愈來愈凝重，看樣子不是好消息。

掛斷電話，名波係長說：「兵藤孝的遺體被發現了。」

宇田川不假思索便反問：「伊知原組的兵藤……」

植松也問道：「在哪裡發現的？」

「在他自宅。調查員去找他的時候發現的。」

「請等一下。」植松說：「你說調查員去找他？有調查員主動與他接觸？」

「聽說是相樂係長直接帶人找上門去。」

土岐喃喃自語：「怎麼會這樣……」

荒川和日野也無言以對。

宇田川說：「隨便與兵藤接觸，可能會害大石身陷險境……」

他很清楚對名波係長說這種話也沒用，但又管不住自己的嘴巴。

名波係長說道：「相樂係長又不知道大石臥底調查的事。」

倒也沒錯。宇田川心想。

將偵辦的觸手伸向兵藤是再自然不過的事，不能怪相樂係長。

土岐發問：「你們口中的兵藤是？」

植松向他說明：「伊知原組的幹部。在麻取的主導下，正對一家叫『麻布台商事』的小公司進行暗中調查。那家公司是伊知原組的傀儡公司。」

「大小姐就是潛入那家公司當臥底對吧？」

「對。兵藤向在『麻布台商事』擔任董事的組員、一位名叫堂島的傢伙借車，去取車的就是大小姐。」

「換句話說，大小姐是在兵藤的指示下行動。」

「堂島是這麼說的沒錯。」

「但是兵藤被殺了，這到底是怎麼回事……」土岐一頭霧水地說道。

植松搖搖頭：「不曉得。可是必須盡快查出大小姐的所在地。」

宇田川也有同感。

迫切地想知道大石是否平安無事。

土岐問名波係長：「狀況如何？是他殺嗎？」

「詳細情況還不清楚。」

荒川聞言說道：「應該是他殺吧。」

植松問荒川：「如果是他殺，到底是誰殺的？為什麼要殺他？」

「想也知道跟細木命案有關，可是還不知道之間是什麼關係……」

日野說：「相樂係長肯定會查清楚。」

「但願如此。」植松丟下這句，轉而對名波係長說：「去現場看看吧。」

名波也同意。

「日野和植松警官是搭檔吧，由你們兩個人去。」

接著名波係長又對土岐說：「組裡的幹部被殺，丸暴有得忙了。土岐警官的熟人說不定也會被叫出去。」

土岐說：「說的也是。正是打聽的好機會。」

「宇田川與荒川警官去麻布署打探一下丸暴的情況。我和土岐警官一起走。」

植松進一步確認：「忙完以後不是回搜查總部，而是回來這裡對吧？」

名波回答：「就這麼辦。」

眾人原地解散，直奔自己的工作崗位。

走出臨海署的別館後，荒川說：「總之再打一次電話給麻布署的竹本看看。」

荒川拿出手機，貼在耳邊。

宇田川緊盯著他的動作。不一會兒，荒川告訴他：「沒人接。大概被他列入拒絕往來戶了……」

「換我來打吧。」

「稍後再說，先去伊知原組的辦公室。」

「您知道地方嗎？」

「知道。伊知原組在六本木五丁目。」

臨海署別館所在的港南五丁目附近，半夜很難攔到空的計程車。宇田川打電話叫車。

五分鐘後，宇田川和荒川跳上計程車，往六本木的方向前進。

14

伊知原組的辦公室位於鳥居坂附近的大廈三樓。

一輛一看就知道是偽裝成普通車的銀色偵防車，停在六本木共同大樓附近。

打從宇田川等人下計程車，就覺得辦公室的大樓四周瀰漫著一股劍拔弩張的氣氛。

黑頭車陸續抵達，身穿黑色西裝的男人魚貫走進大樓。

荒川敲了敲便衣警車的副駕駛座，車上的調查員搖下窗戶，探出臉來。

不出所料，果然是竹本。

他氣急敗壞地質問荒川：「你到底想怎樣啦！」

「收到通知了嗎？」

「兵藤的事嗎？真是的，事情怎麼會變成這樣……」

「本部的組對部說了什麼？」

「只叫我們來盯梢，把我們當成跑腿小弟。」

「這不也表示他們很器重轄區員警嗎。」

竹本不屑地冷笑：「可以請你快點消失嗎？你會害我們的監視穿幫。」

「接下來會有什麼發展。」

「伊知原組嗎？肯定手忙腳亂。畢竟是幹部被殺，兵藤的親戚那邊或許也會有大人物過來。先處理葬禮，然後再用最快的速度揪出殺了他的人。」

「話說回來，你認為是誰殺了他？」

「我怎麼會知道，不就是跟你們那邊的案子有關？」

荒川微微點頭：「或許吧。不好意思打擾你了。」

竹本一言不發地搖上車窗。

荒川離開那輛車，觀察鳥居坂附近的狀況。

附近有間年輕人聚集的舞廳，通往六本木十字路口的人行道異常熱鬧，招攬客人的黑人十分引人注目。

宇田川問道：「接下來怎麼做？」

「先觀察一下狀況。」

荒川躲在六本木共同大樓角落被柱子擋住的地方。

宇田川也照做。

伊知原組辦公室的大樓四周愈加兵荒馬亂，狹窄的鳥居坂上停滿黑頭車。

除了轎車以外，也不乏引人注目的掀背車。這也是時代的趨勢嗎？以前提到黑道，無非是高級的黑頭車，如今似乎以黑色的掀背車居多，也會看到休旅車。

這是個講求實用性更重於外表及舒適感的時代。鳥居坂的一側車道停了一整排黑頭車，只剩下單線道。完全是妨礙交通。

巡邏車來關切，料想是麻布署的交通課。但對方是黑道，再加上幹部被殺，情緒十分亢奮。

光靠一輛巡邏車不可能壓制得住。

警官下了巡邏車，走向黑頭車，貌似司機的男人站在車旁。

男人與警官立刻展開口舌之爭，穿著黑色西裝的男人隨即包圍住警官。

男人正在對警官施壓。交通課的員警要求他們把車子開走，但負責開車的組員怎麼可能乖乖聽話。

萬一幹部下樓時，車子不在原地，不知會受到什麼樣的懲罰。

「交通課大概會請求支援。」荒川說道。

宇田川附議：「可能還會出動機動隊。」

「我想應該不至於……」

警察署長的權限無法派出機動隊，但方面本部部長（註：日本警方及東京消防廳的高層管理職，負責領導地位比警察署或消防署還高的方面本部、監督轄區）握有警備指揮權。換句話說，方面本部部長有權派出機動隊。

倘若麻取或組對只對麻布署做出按兵不動的指示，沒有傳達到方面本部的話，機動隊的確可能會出動。

然而，荒川似乎不這麼想。

又來了一輛巡邏車，偽裝成一般車輛的便衣警車也來了。大概是機動搜查隊的車。

機動搜查隊隸屬刑事部，但不管發生什麼事，都會第一時間趕到現場，亦即就是無所不包的單位，所以發生這種騷動的時候也會出動。

招攬客人的黑人聽到巡邏車及機搜車的警報聲，不知何時已經作鳥獸散。

在舞廳玩樂的年輕人反而圍過來看熱鬧。

宇田川望向竹本他們坐的那輛車，還停在那裡。

宇田川對荒川說：「引起這麼大的騷動，盯梢不就沒意義了。」

荒川悄悄瞥了那輛車一眼，視線再度轉回辦公室的方向。

「話是沒錯……。可是既然本部的組對部命令他們監視，在解除命令之前，只能一直待在那裡。」

「這樣啊……」

「倒也不是完全沒有意義。誰來過辦公室、有什麼動靜……這些對丸暴來說都是不能錯過的情報。」

「原來如此。」

「比起來，這件事你更想知道吧。」

「知道什麼？」

「大石的下落。」

那當然，他超想知道的。

但是卻不想老實回答，不想讓人覺得自己公私不分。

宇田川找了個不痛不癢的答案。

「我只是在想，要是能早點知道她的下落就好了。」

「別逞強了，你擔心得不得了吧。」

宇田川決定坦白承認。

荒川讓他覺得就算據實以告也沒關係。

「我的確很擔心。可是希望您不要誤會，我對大石沒有非分之想，因為同期之中就屬我、大石和蘇我，三個人的感情特別好……」

「你們三人分別扮演著很有趣的角色呢。」

「很有趣的角色？」

「沒錯。那個叫蘇我的傢伙被ZERO看上，正在執行什麼特殊的任務不是嗎。大石也被拔擢，派去做臥底調查。」

「我很平凡，只是普通的殺人犯搜查係。」

「哪裡平凡了，蘇我不是打電話給你，請你救出大石嗎。」

「對不起。」

「用不著道歉。我也想幫助大石，想知道她是否平安無事。」

「是。」

「還是聯絡不上她嗎？」

宇田川頓時語塞。

荒川見狀，露出不解的表情：「怎麼了？」

宇田川回答：「我怎麼沒想到這一點？」

「你沒直接打過電話給她嗎？」

「看到監視器拍到大石的那一刻，我就應該馬上打電話給她了。」

真的很不可思議。

大概是基於不想面對現實的心情，平常沒想太多就會做的事，到了緊要關頭卻做不出來。

大石被疑似犯罪現場所設置的監視器拍到的事實，太令他錯愕，自此一直處於驚慌失措的狀態。

或許是因為蘇我的出現，讓他以為大石已經去到自己聯絡不上的世界。
荒川說：「馬上打給她看看。」
宇田川拿出手機，打給大石。
要是能聽到她的聲音，或許就能知道她的下落。就算轉到語言信箱，也能留言給她。
但他的期待完全落空。
耳邊傳來「您撥的電話未開機，請稍候再撥」的訊息。
宇田川掛斷電話，告訴荒川：「不行，她好像沒開機。」
「這樣啊……。或許是上頭給她另一支手機，畢竟是臥底調查，這種程度的小心是必要的……」
「說的也是。」
宇田川認為自己或許是下意識預料到會是這種情況，才沒想到要直接打電話給她。
這時，荒川開口：「哦，有動靜了……」

貌似幹部的黑衣西裝男走出大樓，對正與警察僵持不下的組員說了些什麼。

組員分別回到自己的車上，沒多久，車子開始移動。

宇田川說：「看來好像是接受警方的勸告，把擋在路上的車子開走了。」

「真聽話。」

「大概是不想把事情鬧大。」

宇田川如是說，荒川露出意外的表情。

宇田川問他：「怎麼了？我說錯了什麼話嗎？」

「不，你說的很對。」

「我猜中了嗎？」

「幹部可能認為現在跟警察起衝突會壞事。也就是說，他們有什麼不想引人注意的事。」

「跟細木命案有關？」

「或是跟美國的麻藥組織有關。」

「該問誰才好呢……？」

馬路上的騷動沒多久就平息，機搜車和巡邏車也離開了。

荒川說：「先和負責向本部組對部打聽消息的土岐警官和名波係長討論過，再找人來問案也不遲。」

「說的也是。」

「那我們也撤退吧。」

「可以撤退了？」

「繼續待在這裡也沒用，後面就交給竹本他們。」

荒川不動聲色地望向那輛銀色轎車。

已經凌晨兩點了。巡邏車一離開，街上又可以看見外國人的身影。

宇田川攔了一輛計程車，與荒川前往臨海署別館。

宇田川二人回到便宜行事取名為「特命室」的臨海署別館小房間時，房裡空無一人。

時間是淩晨兩點二十分。

昨天從一大早就開始到處奔走，感覺一天變得更漫長，但宇田川還沒有睡意。

發生了另一件殺人命案，再加上大石不知去向，在在都令他繃緊神經。

宇田川試著再打一次大石的手機，跟剛才一樣沒人接。

最後一次見到大石是上週五，監視器拍到她則是週日晚上。

被害人當時或許已經在倉庫裡。那麼，大石在做什麼？

確實是她把堂島的車從麻布十番的停車場開到港南五丁目的倉庫。問題是，在那之後她也繼續開車嗎？如果是的話，就是她把瀕死的被害人運到棄屍現場。

田端課長說大石不是嫌犯，而是目擊證人。這句話就像一顆定心丸。

然而，檢察官和法官會接受這套說詞嗎？

單純只看事實的話，大石顯然是傷害、殺人的共犯。

不過，這不重要，重點是大石現在處於什麼狀況，最糟的情況是她可能會有生命危險。

一思及此，就覺得坐立不安。

「到底是什麼關係呢……？」荒川説道。

「咦……？都説了，我和大石只是同期……」

「我不是在説這個啦，我是指細木與兵藤的關係。」

「噢……」

會錯意的宇田川尷尬極了。

「一個是藥頭，一個是組織的幹部，至於有沒有直接關係……」

「向堂島借車的是兵藤，而那輛車被用來殺害細木。換句話説，兵藤是殺害細木的主謀嗎……？」

「沒有確切證據，但或許可以這麼想。」

「是嘛……」

荒川的語氣令宇田川有些在意。

「荒川警官不這麼認為？」

「我嘛……」

這時，名波係長和土岐回來了。

宇田川還來不及開口，名波先問他們：「麻布署那邊有什麼動靜？」

荒川回答：「伊知原組的辦公室前面發生了一點騷動，趕來的大人物開的車擋住鳥居坂……與前來處理的交通課和機搜起了衝突。」

土岐好奇地追問：「哦，然後呢……」

「辦公室有人出來說話，騷動很快平息，車子也開走了。」

土岐說：「還真是聽話啊。」

「我猜是不想和警方起衝突、引起注意。」

「我想也是。」

「轄區的丸暴一直在盯梢。」

名波點點頭：「我們總算找到負責這次藥物搜查的調查員了，但是要早上才能聯絡上他。」

荒川問道：「臥底調查的事呢……？」

土岐回答：「沒問。沒辦法，太危險了。反正我認識的人要不是不知道臥底調查的事，就是知道也會裝作不知道。只能直接問負責『麻布台商事』的調查員。」

荒川沒說什麼，只是微微聳著肩膀。

宇田川向名波係長報告：「我剛才正與荒川警官討論細木與兵藤的關係。」

名波係長皺眉。

「細木與兵藤的關係……？」

「從狀況來看，可以想見兵藤是殺害細木的首謀。」

「那又怎樣……？」

「荒川警官似乎不這麼想。」

名波望向荒川：「請你說明一下。」

荒川又聳聳肩。

「呃……我總覺得整件事不合邏輯。假設是兵藤殺了細木，那麼又是誰殺了兵藤？」

土岐思索著回答：「可能是細木的同夥……」

「小混混殺死伊知原組的幹部？」

「也不是不可能，天曉得小混混會做出什麼事來。」

「可是兵藤是在自己家裡遇害吧？小混混不太可能闖進暴力集團幹部的家裡殺死對方。」

「兵藤被殺是事實。」

「但無法想像兵藤遇害前的經過。」

土岐把想說的話吞回去。

宇田川也不知道該說什麼才好。沉默持續了好一陣子。

沒多久，名波係長說：「總而言之，現在只能等案發現場傳回消息。植松警官和日野回來後，或許能知道什麼也說不定。」

凌晨兩點三十五分。宇田川這些調查員的一天還沒結束。

15

凌晨三點過後，植松與日野從兵藤家回來。

名波係長請他們報告。

植松一臉凝重地說：「兵藤好像是在家裡毫不設防的情況下遇害，室內並沒有什麼打鬥的痕跡。」

「死因是？」

「後腦勺被鈍器重擊的挫傷及頭蓋骨骨折，再加上心窩被刺了一刀。後腦勺的傷口形狀與現場留下的水晶菸灰缸一致，菸灰缸也有血跡，恐怕是凶器沒錯。推斷是先從他身後予以重擊，再給心臟最後一擊。」

名波聽完，發表意見：「從心窩刺向心臟，顯然不是外行人辦得到的事。」

植松也表示同意：「沒錯。外行人通常會直接刺向胸部。只有內行人才知道從心窩刺入，刀尖就會直達心臟。而且胸部也沒有其他傷口，就只有那一刀……」

「如果是在家裡不設防的情況下遇害，表示是熟人幹的……」

土岐問植松：「你怎麼一臉疑惑的表情。」

植松看了土岐一眼，對名波係長說：「有一件很奇怪的事……」

宇田川在一旁聽著，覺得這句話真不像是植松會說的話。說得更直接一點，不像刑警會說的話。

名波訝異地問他：「很奇怪的事？」

「沒錯，兵藤已經死了好幾天，至於是幾天，還在等驗屍報告……」

聽到這裡，大家都沉默了。

名波係長率先打破沉默：「倘若他是在週一凌晨之前遇害，殺害細木的就不是兵藤……」

接下來又是短暫的沉默。

荒川開口：「不，兵藤是組織的幹部，根本無需自己下手，命令手下就行了。」

植松說：「那也要去現場吧。」

「說的也是……」

「細木被關在倉庫裡有一陣子，殺害他的人肯定想從他口中問出什麼。換句話說，殺害他的傢伙應該就在倉庫裡。」

「這也不能斷定。」名波說：「目前還不知道兵藤是什麼時候遇害嗎？」

植松回答：「還不知道。好像要進行司法解剖……」

「那麼在結果出來之前，不要擅自揣測。」

名波對植松點頭示意，再告訴宇田川：「你打電話給蘇我，問他有沒有辦法查出大石的下落。」

「是。」

宇田川立刻照辦。

雖然是這個時間了，但蘇我馬上接起來電。

「喂～～我是蘇我。」

拖泥帶水的聲音與眼前的狀況格格不入。

「你該不會是在睡覺吧？」

「沒有，我醒著。」

「你聽說伊知原組的兵藤被殺了吧？」

「好像是呢。」

「我想知道大石的下落，有辦法確認嗎？」

「沒辦法。不過她還是『麻布台商事』的員工，這點是不會錯的。」

「她沒事吧？」

「我猜應該沒事。」

「這麼猜的根據是？」

「哪來的根據……。但是也沒有大石身處險境的根據。」

「救援行動不是無法運作了嗎？」

「因為沒辦法闖進去搜索嘛。不過，大石臥底的事還沒被發現。」

「真的嗎？」

「真的。否則剛才發現的就不是兵藤的屍體，而是大石的屍體了。」

「聽你這麼說，我更不放心了。」
「我也不放心啊，所以正努力尋找大石的下落。」
「要是有消息了，請通知我。」
「那當然。」
「要怎麼救出大石呢？」
「得先確定她現在人在哪裡，判斷狀況之後，再來思考。」
「我明白了。」
已經無話可說。
宇田川掛斷電話，向名波係長報告剛才的通話內容。
「無法掌握她的所在地啊……」
名波看了看時鐘。
「今天就到此為止，大家休息一下。」
荒川說：「我去借睡覺的地方。」
日野自告奮勇地說：「我去就好了。」

日野走出「特命室」。

過了一會兒，日野又回來了，說是已經準備好休息室。

土岐說：「不用輪班嗎？」

名波回答：「不用，大家都累了。」

宇田川聞言鬆了一口氣。

真是漫長的一天。

才剛鑽進休息室的被窩就睡著了，然後，才剛睡著就天亮了。這表示自己睡得非常熟，身體狀態和心情都不差。

「特命室」裡只有日野。宇田川鬆了口氣。警界至今仍是嚴格的階級社會，菜鳥不可以比老鳥晚到。

「早安。」日野向他打招呼。

宇田川和日野的年齡差不多，但是比他早兩、三年進警界。在警察的世界裡，就算只早一年也是前輩。

「早安。」

日野絕不是會讓人想閒話家常的對象，兩人單獨相處難免有點尷尬。宇田川偷偷地在心裡祈禱有誰趕快來救他。

然而，偏偏這個時候誰也不來。

一直保持沉默也很奇怪，宇田川問日野：「兵藤家裡是什麼狀況？」

「就是植松警官報告的那樣。」

「你看過現場，沒有留意到什麼嗎？」

「留意到什麼……」

「你看了兵藤的遺體嗎？」

「只看到一眼……。在他被抬走以前。」

「服裝呢？」

「家裡穿的汗衫。原本是白色的家居服，被血染成鮮紅色。」

「這麼說，凶手噴到血的可能性很大。」

「是這樣沒錯。」

「既然如此，或許能得到目擊情報也說不定。」

「相樂係長他們會幫我們問到的。」

說的也是，但就算討論一下案情也不會遭天譴。宇田川這麼想著，只是沒說出口。

「你很信任相樂係長。」

「那當然。所以我不想瞞著係長偷偷摸摸的。」

「只要在警界一天，接下來還會有無數回祕密任務。」

「話說回來，那個姓蘇我的人到底是何方神聖？」

宇田川聳聳肩。

「我也不是很清楚。他好像在掌管公安的ZERO手下工作，不確定他真正的身分。」

「不是被開除了嗎？」

「那只是表面上做做樣子。」

「真的是這樣？」

「什麼意思？」

「難道不是明明被炒魷魚了，但是還不想切斷和警方的關係，假裝還在從事警察的工作？」

「怎麼可能……」

宇田川想一笑置之，可是卻笑不出來。

他無法斬釘截鐵駁斥日野說錯了。因為他從未確認過蘇我是不是真的受到ZERO的密令。

關於這點，蘇我雖然沒否認，但也不曾正面承認。

宇田川有些不安地說：「現在不是討論這個的時候，必須思考如何救出大石。」

「比起這種事，我更想追查殺人案。」

比起這種事——他的說法讓宇田川怒不可遏。

「如果是你的同期遭遇危險呢？」

「既然是警察，大家都有身陷險境的心理準備。就連現在這個瞬間，全國的警官裡應該也有好幾個人正在面對危機，大石並沒有比別人特別。」

宇田川不曉得該怎麼反駁才好。

日野這句話大概是出自於肺腑。既然如此，對他說再多都是白搭。

宇田川想再說什麼之前，門口傳來聲音。

「大石是特別的。」

是荒川。

日野向荒川打招呼：「啊，早安。」

荒川坐在靠近門口的椅子上，接著說：「當然每個警察都有這方面的覺悟，出任務免不了危險。可是啊，臥底調查還是比較特別，大石現在正處於孤立無援的狀態。」

日野無言以對。

他肯定是想反駁的，但對方是同一個單位的前輩，只能虛心聽對方的教訓。

他或許只是覺得自己所屬的單位比什麼都重要，宇田川認為這不是壞事。

對組織的忠誠很值得敬佩，但也不能因為太在乎忠誠而看不見周遭的事物。

日野對組織忠誠、對前輩順從，這可以說是他的優點，尤其在警察這種階級社會裡，更是彌足珍貴。

但如果因此而變得目光短淺就很危險了。

荒川繼續往下說：「就像小子說的那樣，想像一下和你感情甚篤的同期落在流氓之類的手裡。」

日野小聲地說：「我沒有感情甚篤的同期。」

「那麼，如果是相樂係長身陷險境呢？」

日野不知所措地回答：「係長才不會犯那種低級錯誤。」

「在聊什麼？」

植松的聲音響起，他和土岐一起走進來。

荒川說：「沒什麼……聊天而已。」

「我本來想早點起床的，不小心睡過頭了。」植松說道。

土岐問宇田川：「係長還沒到嗎？」

「還沒。」

才在想係長很少會遲到，說曹操，曹操就到了。

名波係長一進門就說：「我先去了搜查總部一趟。」

原來如此。

名波係長做事果然無懈可擊。

如同日野仰慕相樂係長，宇田川也很尊敬名波係長。

「解剖結果還沒出來。不過，驗屍人員研判兵藤應該是兩、三天前遇害。」

植松聞言說道：「這時間還真是尷尬……。如果是兩天前，細木可能已經死了，但如果是三天前，細木還活著。」

日野說：「這種事，搜查總部會仔細調查。」

荒川告誡日野：「我們也是搜查總部的一份子。」

「可是，我們不是被排除在命案調查之外嗎？」

「沒這回事。大石可能目擊到殺人現場，只要找到大石，或許就能知道事情的來龍去脈。所以我們得要救出大石，這也是偵辦的一環。」

看樣子，日野是對不能和相樂係長一起辦案非常不滿。而宇田川也不想跟日野一起工作。

可以的話，真希望日野能離開特命班，但他已經知道臥底調查的事了。

萬一大石臥底調查的事日野向誰說溜嘴就糟了，因此不能要他滾蛋。

「沒錯。」植松說道：「救出大小姐也是偵辦的一環，千萬別忘了這點。」

日野不敢反抗荒川，但是對植松就沒那麼客氣。

「我們的行動有必要對搜查總部的其他人保密嗎？」

植松瞪著日野說：「就是因為有必要才這麼做。你這傢伙，到底知不知道臥底調查是什麼意思！」

「不就是原本不被承認的調查。」

「表面上是那樣沒錯，所以才要私下運作。」

「這不是違法的事嗎？」

「接獲上級命令的調查員根本沒有餘力思考違不違法，只能拚命完成任務。」

「可是，根本不應該進行違法調查。」

「有時候不得不遊走在法律邊緣，光靠場面話是解決不了問題的。」

「警官怎麼可以帶頭違法！」

「就連你最喜歡的相樂係長也犯了法不是嗎？」

日野氣沖沖地說：「你胡說什麼！才沒有那種事。」

「相樂係長去找兵藤的時候，未經同意就闖進設了自動鎖的大樓。沒有帶搜索票，所以是侵入罪。」

「怎麼會……」

「你不也在現場聽到了嗎？包括相樂係長在內的調查員，用設置在自動鎖大門外面的對講機按了三次兵藤的門鈴，分別是晚上十點、十一點、以及十二點共三次。因為都沒有回應，為了進屋查看，趁大樓住戶回家開門時帶人闖進去。」

日野被堵得啞口無言。

植松接著說：「由於屋子的門開著，相樂係長察覺事情有異，往屋裡查看，發現兵藤倒在地上的腳，然後就登堂入室了。」

「既然察覺到異狀，身為警察進屋查看原本就是天經地義。」

日野試圖反駁。

「沒錯。只要是警察都會這麼做吧，但這可是不折不扣的侵入罪。」

日野又不說話了。

荒川打圓場：「現在不是討論違法搜查的時候，同伴可能遇到了危險，當然要去救她。」

荒川的話總算讓日野收起攻擊的矛頭。

名波係長說：「辯論完的話，就回到各自的工作崗位。荒川警官、植松警官、宇田川、日野去盯著『麻布台商事』，盡力找出大石人在哪裡。我和土岐警官去找組對的麻藥搜查負責人。」

荒川弄來了臨海署的偵防車，跟他們去抓堂島時開的車是同一輛。

宇田川等人上車，由日野開車，前往「麻布台商事」。

植松坐在副駕駛座。

或許是因為剛才的口舌之爭，日野和植松皆一言不發。

荒川對宇田川說：「後來蘇我可曾再打電話來？」

「沒有。」

「我們等於是在蘇我的要求下成立的特命班，他應該要來跟我們會合吧。」

「嗯……我也有同感……」

副駕駛座的植松對這句話做出反應：「他已經不是警察了，出現在警局也很奇怪。」

荒川不以為然地說：「即便如此，也應該聯絡得更頻繁一點。不知道他在哪裡做什麼的話，我們也很難提供協助。」

「一旦有必要，那傢伙就會頻繁地與我們聯絡了。」

就在這個時候，日野開口：「快到現場了，車子要停在哪裡？」

植松指示：「停在看得見大樓出入口的地方。」

「了解。」

單從剛才的交談聽來，兩人之間似乎沒留下芥蒂……。

宇田川思考著此事。

16

「麻布台商事」正對著飯倉片町十字路口附近的羊腸小徑。

日野找到絕妙的地方停車。

「麻布台商事」斜對面的大樓前有一座停車場，雖然是只給簽約者停車的地方，但見到還有空位，就倒車停進去了。

要是有人來抗議，只消亮出警察手冊就行了。從那裡可以看見大樓的出入口和貨物的進出口。

荒川說：「乾脆直搗黃龍，確認大石在不在裡面。」

植松回答：「這麼做不太好吧……。警察要是找上門來，對方也會提高警覺。」

「得知兵藤被殺，已經提高警覺了吧。堂島也被警方抓了……」

「所以才更不能大搖大擺地找上門去。」

「正因如此才有機會不是嗎？只要說是想打聽案情就好了。」

日野說：「這種事必須經由搜查總部判斷……」

植松附議：「這次我投日野的看法一票，不要輕舉妄動。」

荒川說：「可是在這裡盯梢也沒用。」

「是沒用。」

「不需要四個人八隻眼睛一起盯梢。」

宇田川說：「既然係長要我們盯著，就只能繼續盯著。」

「你們兩個留下來監視。」荒川對植松和日野說：「我們去附近看看。」

植松發難：「喂，你要我們在這裡監視，自己去散步嗎？」

荒川莞爾一笑：「等一下再交換嘛。那我們先走了。」

荒川下車，宇田川連忙跟上。

兩人走向「麻布台商事」。目前沒有人、也沒有貨物進出。

宇田川不動聲色地觀察建築物的外觀。幾乎看不到窗戶，簡直像是混凝土的要塞。

原本應該不是要蓋成要塞的，可是作為黑道的傀儡公司，這棟建築物再適合不過了。

兩人慢吞吞地從建築物前面走過。

由於沒有大片的窗戶，完全看不見裡頭的樣子。

走到外苑東通，荒川停下腳步、左右張望。宇田川也同樣四下看了一圈。

「沒看到轄區的調查員。」

「大概都集中在伊知原組那邊。」

「這邊是傀儡公司，也不能忽略才對……」

「會不會是以為搜查總部會來。」

「也對，實際上的確有我們在盯梢……」

「要回去了嗎？」

「在公司前走來走去會被懷疑吧，我們繞道回去。」

宇田川和荒川走進通往「麻布台商事」後方的巷子。

「就算想找個人來問，周圍也都是公寓和住商混合大樓，連商店都沒有……」

荒川說到這裡，發現有個穿得一身黑的男人，站在巷子盡頭的轉角看著他們。

宇田川差點驚呼出聲。

因為頓時停下腳步，又突然加快腳步，荒川問他：「怎麼了？」

「蘇我在那裡。」

「你說什麼……」

蘇我笑著舉起右手：「嗨……」

還是老樣子，從容不迫的音調，跟表情與眼下的狀況格格不入。

「嗨你個頭啦，大石怎麼樣了？」

「天曉得。」
「還不知道她人在哪裡嗎？」
「不知道。」
宇田川失去耐性：「事情怎麼會變成這樣，我想知道詳細的前因後果。」
「我也想知道。」
「自從細木遇害，就掌握不到她的行蹤對吧？」
「沒錯。」
「這樣你還敢說她沒事？」
「我是這麼想的。」
「這只是你的希望吧？」
「不，不只是希望。我不是說過了嗎，大石現階段還沒有遭遇危險的理由。」
荒川打岔：「站在這種地方說話太顯眼了……」
蘇我看著荒川說：「呃……請問你是轄區的人嗎？」

「我是臨海署的荒川。」

「敝姓蘇我，請多多指教。」

「我聽過你的傳言了，你也來盯梢嗎？」

「嗯，差不多就是這樣。」

「我們的車就停在附近，可以跟你聊聊嗎？」

「可以，我就是為此而來……」

宇田川反問：「為此而來……？」

「我都被懲戒免職了，總不能去搜查總部吧。」

「我們在臨海署的別館成立了特命班。」

「是噢，原來如此。但我不想靠近警察局……」

荒川提議：「總之先上車吧。」

看到蘇我，植松並不怎麼驚訝的樣子。

三個大男人坐在後座實在很擠，但也沒辦法。

「搞什麼，我這樣好像嫌疑犯……」

蘇我坐在宇田川與荒川之間，苦笑說道。

植松轉過身去面向蘇我。

「告訴我們關於大小姐的事。」

「您已經知道她潛入了那家公司吧？」

「那當然，所以才在這裡盯梢。」

「也就是說，植松警官願意幫我救出大石？」

宇田川說：「我不是說過嗎，連特命班都成立了。」

「你又沒說特命班是為了什麼成立。」

「你這傢伙，早就猜到我們會幫忙吧。」

「我沒有猜到，只是覺得如果能得到你們的幫助就太好了。」

植松繼續追問：「大石走出過公司大門嗎？」

「她根本沒去上班，說是出差了。」

宇田川問道：「出差？你怎麼知道？」

「我打電話去公司問過。」

「打去公司……」

「我說我是她的朋友。這可沒有騙人。說我打她的手機都沒人接，有點擔心，所以才打到公司……」

「對方沒有起疑吧？」

「我想應該沒有。不過，可能以為我是跟蹤狂就是了……」

植松一臉凝重地說：「該不會已經被除掉了吧。」

蘇我反過來問他：「為什麼要除掉大石？」

「因為她可能看到殺人的過程。」

「滅口嗎？我認為不太可能。」

「不太可能……？」

「或許有人會認為殺一個人跟殺兩個人沒有差別，其實有天壤之別喔。屍體處理起來也很麻煩……」

「如果是丸B就有可能。」

「若只是要滅口，多的是比殺人更不費力的方法。」
「例如？」
「例如讓對方變成共犯……」
「原來如此……」植松又陷入沉思：「共犯啊……」
荒川開口：「現階段已經有人這麼想了……」
蘇我說：「像是檢察官或法官嗎？」
荒川點頭：「沒錯。」
「也必須幫大石擺脫變成嫌犯的風險才行。」
植松說：「田端課長說，大石最多只是目擊證人。」
蘇我聳聳肩：「要是這麼簡單就好了……」
蘇我這句話讓宇田川不安起來：「即使救出大石，她還是有被起訴的風險嗎？」
「必須做最壞的打算。所以不要讓事情變成那樣，也是我們的任務。」
「該怎麼做才好？」

「得跟大石直接談過才能決定。」

植松說：「我明白了。為此必須毫髮無傷地救出大小姐。問題是，大小姐人在哪裡？」

「還不清楚。」

宇田川問蘇我：「去向堂島取車的人好像真的是她。」

蘇我也同意：「好像是。監視器拍到她了吧？」

植松說：「你怎麼會知道這件事？」

「宇田川告訴我的。」

他的確在赤坂的西班牙餐廳提過這件事。

宇田川抗議：「才不只這樣，你的情報來源是公安吧？」

「所以說，這件事不能從我的嘴裡說出來……」

荒川質問他：「你說她出差了，也就是大石一進公司就被派去出差？」

「沒錯。」蘇我說道：「總之是以這個名義銷聲匿跡了……」

「為什麼要銷聲匿跡？」

「我猜有幾種可能性，一是為了不讓她把事情說出去，先把她關起來。二是為了偽裝成共犯關係，派她去某處潛伏……。當然也不能排除她真的是共犯的可能性。」

宇田川驚訝地說：「你說大石是殺人的共犯？怎麼可能！」

「這只是可能性的問題。我當然也不覺得她會殺人。可是啊，臥底調查經常會發生這樣的事。好比說，潛入後對誰產生某種共鳴，進而倒戈到對方的陣營。」

「大石從一個月以前就在那裡打工，上週五才被正式錄用。」

蘇我點頭：「沒錯。已經確認過了。而且這件事還是你告訴我的。」

「才一個月就倒向對方的陣營嗎？」

「也不是完全沒有可能。」

「確實必須考慮到所有的可能性。」荒川說道：「問題是，哪個才是機率最高的可能性？」

植松說：「最正常的可能性，應該是為了不讓她說出去，先把她囚禁起來……」

荒川回答這個問題：「這也很難說。我比較好奇是誰叫她去向堂島取車的……」

宇田川說：「不是兵藤嗎？從堂島的供詞聽來，應該是兵藤。」

「是這樣沒錯，但兵藤被殺了。」

「堂島週日晚上七點左右接到兵藤打給他的電話，沒多久，大石就來取車，所以兵藤命令大石的時間並沒有不合理。」

荒川沉吟了半晌。

「沒錯，時間上是有可能沒錯，但我就是覺得耿耿於懷……」

「對什麼耿耿於懷？」

「兵藤命令大石去取車……」荒川邊說邊整理思緒：「然後大石開車到倉庫，這時細木已經被關在倉庫裡……」

植松同意他的假設：「大概就是這麼回事。」

「那麼應該假設當時兵藤也在場。」

「這個話題好像已經討論過了……。正常情況是這樣沒錯。」
「可是兵藤後來又在自宅遇害。」
「沒錯。倘若兵藤是在週一凌晨五點以後才被殺，那麼兵藤就有可能出現在細木遇害的現場。」
植松這句話讓荒川再度陷入沉思。
「對，這在時間上也沒有矛盾。但想像一下兵藤的行為，怎麼想都覺得怪怪的。兵藤被殺了，那現在是誰在限制大石的行動？」
「兵藤的手下吧。會不會是兵藤先命令他們藏起大石，不要被別人發現，但因為兵藤死了，現在正處於不曉得該怎麼辦才好的狀態？」
「兵藤遇害已經過了兩天或三天，你是說這段時間，他的手下只是照他吩咐囚禁大石嗎？」
「或是藏匿大石……」
荒川抱頭苦思。
「總覺得難以釋懷……」

植松問荒川：「對什麼難以釋懷？」

「感覺兵藤的行為沒有一貫性。」

「或許是線索還不夠，只要能找到填滿那個洞的拼圖，就能釋懷吧？」

宇田川心浮氣躁地說：「比起思考兵藤的事，不如想想找到大石的方法……」

「所以說了，」荒川打斷他：「如果不解開這個案子的關鍵點，就無法知道大石人在哪裡。」

宇田川被堵得無言以對。

蘇我說：「要殺進『麻布台商事』抓人來問嗎？要是做出這種事，只怕還沒問出她在哪裡，大石就會遭遇危險了。」

荒川和蘇我說的沒錯，欲速則不達。如果想知道大石的去向，終究還是得釐清細木命案的來龍去脈。

植松呻吟般地說：「兵藤到底在不在細木遇害的現場……？目前連這點都還不知道……」

聽到這裡，宇田川想起來了。

「除了大石，監視器也拍到男人。」

植松回答：「對，可是只拍到身影。天色太暗了，無法辨認長相。」

「如果是SSBC的專家，或許能鎖定對方是誰。」

「那個人影說不定就是兵藤嗎？」

「或者是跟兵藤有關的人。」

「只能仰賴SSBC了……」

此時，日野開口：「有人出來了。」

這句話讓他們反射性地低下頭。

望向「麻布台商事」的門口，有個年約三十五歲的女人從門裡走出來。

植松說：「畢竟是公司，難免有人進進出出。」

蘇我以不疾不徐的口吻說：「我跟上去看看。放我下車。」

宇田川依言打開車門，讓蘇我下車。

「為何要跟蹤她？」

「沒什麼特別的理由。」蘇我說道：「我只是對她手裡拿的大包包有點介意。」

他走向女人離去的方向。

17

「我們不用去嗎？」

駕駛座上的日野，以眼角餘光追逐著蘇我漸行漸遠的背影說道。

植松回答：「交給那傢伙就行了。」

「可是，蘇我又不能臨檢。」

「別擔心，那傢伙會想辦法搞定的。」

宇田川認為植松說的沒錯。蘇我就是有這種讓人相信他會有辦法的能力。

「蘇我說，他很在意那個女人手裡拿的大包包。」

荒川說：「她懷裡的波士頓包，的確有點大呢。」

副駕駛座的植松從剛才就一直轉身面向後座，只見他先轉回前方，又轉頭過來看著宇田川和荒川說道：「我知道蘇我在想什麼。那個包包或許裝著換洗衣物和食物。」

宇田川也有同感：「重點在於那個女人。」

日野問道：「此話怎講？」

荒川回答：「要看管女人的話，女人比較方便。」

「啊……」日野意會過來：「也就是說，剛才的女人是要送日常用品去給遭到囚禁的大石嗎？」

荒川回答：「蘇我大概認為有那個可能。」

日野打蛇隨棍上：「原來如此。只要跟蹤那個女人，或許就能知道大石被關在哪裡。」

植松說：「要是這麼簡單就好了……」

「那我們更應該跟上去了。蘇我一個人搞不定吧。」

植松說：「我不是說不用擔心嗎。我們必須留下來監視『麻布台商事』，何況一群人跟在後面只會讓她起疑。」

「我們又不是外行人，跟蹤的方法多的是，像是四面包抄之類的。」

所謂的四面包抄，是從四個方向包圍對方的高級尾隨技巧。

「不需要。」植松斬釘截鐵地說：「蘇我一定會帶回好消息。」

「怎麼可以把任務交給連是不是警察都不知道的人？」

「那傢伙是警察，毫無疑問！」

由於植松的語氣十分強硬，日野也不好再多說什麼。

宇田川很高興聽到植松這麼說，對自己懷疑蘇我是不是真的還是警察感到羞愧。

就如植松所說，蘇我是警察，是比任何人都更像警察的警察。

「只要能知道大石被關在哪裡……」荒川一臉思索地說：「我們的任務就等同於結束了。」

「不。」植松搖頭：「要平安救出她並非易事，畢竟對方是伊知原組。」

「哪裡難了？對方可是綁架、監禁的現行犯，只要衝進去救她出來就行了。」

「必須確保她的安全，不能讓大小姐出一點事。」

「別把事情想得那麼複雜比較好。」

「做出判斷必須因時因地制宜才行。」

「大石也是受過訓練的警官，又不是一般的人質。」

宇田川聽他們討論，認為兩人的說法都有道理，但心情上比較想站在植松那一方。

這大概是認識大石與不認識大石的人才會有的差別，荒川肯定也想平安無事地救出大石，宇田川對這點深信不疑。

然而，與大石熟不熟，此刻將成為作戰方針的分歧點。

宇田川打圓場：「總之先確定大石是否受到囚禁。」

「說的也是……」植松說道：「但事先想好找到她時要怎麼因應，也很重要。」

日野說：「這是管理官或係長要思考的事吧。」

植松皺眉：「所以才說最近的年輕刑警不行。」

「什麼意思？」

「刑警啊，必須自己動腦。警察又不是軍隊，並非只要一個口令、一個動作就好了，否則不管經過再久，都無法獨當一面。」

「調查的時候，絕不能自作主張。」

「又不是要你隨便自作主張，而是叫你動腦。不過，你說的也沒錯，像小子那樣愛怎麼樣就怎樣也挺令人傷腦筋的。」

沒想到自己會掃到颱風尾，宇田川反駁：「我哪有愛怎麼樣就怎麼樣？」

植松莞爾一笑：「只是語病，別在意。」

荒川對植松說：「這次換我們盯梢，你們去散步一下如何？」

植松想了一下說：「就這麼辦。」

植松和日野下車。等他們走遠，荒川移動到副駕駛座，宇田川則移動到駕駛座。

「不好意思啊。」荒川隔著擋風玻璃盯著「麻布台商事」說道。

宇田川錯愕地反問：「什麼事？」

「日野啦。那個傢伙本性不壞，只是有些不知變通的地方，腦筋太死板了。」

「沒事，我沒有放在心上……」只能這樣回答。

「一旦開始盯梢，就會自然而然地東拉西扯……。以前還有調查員在盯梢的時候吵起來。」

「欸，那盯梢怎麼辦？」

「沒多久換班的人就來了，事情才沒有鬧大……總之發生過很多事。」

「是噢……」宇田川想了一下說：「有件事，可以請教一下嗎？」

「請說。」

「您說您覺得兵藤的舉動沒有一貫性。」

「沒錯。」

「那是什麼意思，可以請您再說得詳細一點嗎？」

荒川沉思半晌，然後才開口：「我們認為兵藤可能是殺害細木的主謀。」

「對。因為是兵藤要大石開堂島的車去倉庫……。所以至少可以認為是兵藤將細木囚禁在倉庫。」

「但是兵藤被殺了，到底是誰殺了兵藤？」

「現階段還無法判斷。」

「兵藤打電話向堂島借車是在週日晚上七點左右，然後大石在七點四十分去取車。這時兵藤應該已經在倉庫裡了……」

「有道理。」

「然後細木從倉庫被搬到棄屍現場的運河，是在週一的凌晨五點左右，車子大概是準備用來搬運被刀子刺殺的細木。」

「沒錯。」

「可是車子卻在週日八點左右就開到倉庫，為什麼需要這麼早準備好車子呢？」

這個問題已經討論過了，而且沒有結論。

「這點很重要嗎？」

「你想想看，兵藤為什麼要特地讓大石去向堂島取車？」

「這個嘛……」宇田川思索著：「大概是擔心如果用自己的車，可能會留下被害人的血液等證據……」

「這說不通啊！堂島是小弟，要是開他的車，堂島當然擺脫不了嫌疑，這麼一來，警方可能會調查到自己頭上。」

「說的也是。」

宇田川感覺自己終於理解荒川的疑慮了。的確很不自然。

荒川接著說：「兵藤被殺時，現場非但沒有打鬥的痕跡，他還穿著家居服。也就是說，可能是熟人下的手。」

「很有可能。」

「我就是這裡想不通。假設兵藤是殺害細木的主謀，那麼兵藤得在細木遇害後被殺才合邏輯。」

「倘若兵藤與細木命案有關，的確應該是朝向您說的這樣發展。」

「如果是這樣，兵藤等於是剛殺了細木，就在家裡與某人見面，還穿得很隨便……一般人會採取這樣的行動嗎？」

「兵藤是流氓，想法跟一般人不太一樣吧。又或者是……」

「或者是？」

「兵藤只是命令手下拷問或殺害細木，自己則在家裡休息。畢竟他是幹部……」

荒川又思考了好一會兒。

「你認為他想從細木口中問出什麼對吧？」

「細木從晚上七點前到第二天凌晨五點都被關在倉庫裡，從監視器畫面可以確定當時不只一個人在場，我認為八九不離十。」

「既然如此，就應該自己來問，而不是交給手下吧？自己問話更能對細木施壓……」

「這很難判斷呢。要是能解析出監視器拍到的人是誰，或許就能知道些什麼了。」

「話是這麼說沒錯，但我就是覺得哪裡不太對勁。也不清楚兵藤被殺的理由……」

「被殺的理由……」

「殺人總要有個理由吧。」

「會不會是細木的同伴為他報仇？一邊是小混混，一邊是流氓，很可能早就認識了。」

「要是以為黑社會的人全都互相認識可就大錯特錯了。小混混與流氓的幹部差別可大了。」

「這方面的消息，土岐警官和名波係長應該會從組對四課的負責人口中打聽出來。」

荒川噗哧一笑。

宇田川問他：「怎麼了？我說了什麼可笑的話嗎？」

「沒有，就只是覺得你好樂觀啊。我很羨慕你，因為我總是太悲觀……」

「不，我覺得慎重是件好事。」

「與其說慎重，我只是沒把事件理清楚就會一直耿耿於懷。」

那個女人離開後，「麻布台商事」沒有任何動靜。

宇田川開始覺得無聊。盯梢是與無聊的長期抗戰。

「好奇怪啊……」荒川說道。

「哪裡奇怪？」

「今天是平日吧。」

「對，今天是星期三……」

「如果公司正常運作的話，應該會有更多人進進出出不是嗎？」

「會嗎？我沒在公司上過班，不是很清楚……」

「無論什麼公司，員工都會出去跑業務，也會有相關客戶來訪。」

這麼說倒也是……。

「或許業務員早就出去了，又或者是上午不怎麼外出，下午才開始比較多人進進出出。」

「是這樣嗎……」

「再加上最近大部分的事，都可以用網路或電子郵件解決……」

「說的也是……」荒川嘆了一口氣：「總覺得這世界變得愈來愈方便，但人與人之間的感情愈來愈淡薄。」

荒川五十一歲，應該還不到感嘆這種事的年紀，果然如他所言是性格上的問題。

出去將近一個小時的植松和日野回來了，兩人手裡提著便利商店的塑膠袋。

植松坐進後座說：「吃飯了。餓著肚子無法上戰場。」

宇田川沒什麼食欲。盯梢時總是這樣。

只需要監視，所以不太會肚子餓。

或許是因為緊張，又或者是進入工作模式的時候，本來就不太有胃口。但他認為這樣無法勝任刑警繁重的工作，就算沒胃口還是會逼自己吃一點。

習慣真是一件可怕的事，如今不管任何時間，他都吃得下飯。

袋子裡有麵包、三明治、幾種三角飯糰和茶。

「感激不盡。」荒川立刻伸手去拿：「盯梢時只有吃東西是唯一的樂趣。」

宇田川也拿了一個麵包開始吃。

植松問道：「有什麼進展嗎？」

荒川回答：「沒有。甚至覺得太沒變化。」

「我也覺得未免太少人出入了，因為是差點倒閉的公司？」

「是伊知原組的傀儡公司這件事大概也有影響。」

「天曉得……。不過貿易公司原本就是跟海外做生意，也許都靠電話和電子郵件解決也說不定。」

「如果主要的工作是進口古柯鹼，沒什麼其他工作要做的話，極少有人出入也理所當然。」

植松咬下三角飯糰，伴著茶吞下去以後說道：「關於這方面，土岐和名波係長也會向組對那邊問個清楚。」

「呵，一旦成為搭檔，果然會愈來愈像。」

「此話怎講？」

「剛才小子才說過一模一樣的話。」

「哼，任誰都會這麼想吧。」

宇田川的手機一陣震動，是蘇我打來的。

「喂，我是宇田川。」

「那女人進去了位於飯倉片町十字路口附近的大樓，地點在六本木五丁目……」

宇田川掏出筆記本，記下地址。

「進去就沒再出來嗎？」

「沒錯。我正盯著出入口。」

「了解。」

掛斷電話，宇田川將方才的通話內容告訴其他三人。

植松說：「在伊知原組的辦公室附近啊……。小子，你去支援蘇我，這裡由我們負責監視。」

荒川立即應聲：「我也一起去。」

宇田川和荒川下車，前往蘇我告訴他們的地址。

宇田川邊加快腳步邊說：「要有搜索票才能進去。」

荒川回答：「目前是緊急狀況，必須先確保大石的安全才行。」

「大石的安全」這句話重重地撞擊著宇田川的耳膜。

那棟大樓距離停車的地方走路只要五分鐘。穿過飯倉本町的十字路口再往前走一小段路左轉，轉進巷子就到了。

一樓掛著「SPA」的招牌，旁邊是停車場，蘇我就在那個停車場裡。

見宇田川和荒川走近，蘇我笑著舉手。他的一舉一動果然與眼前的狀況格格不入。

「還沒出來嗎？」

「還沒。」

荒川問道：「知道是哪個房間嗎？」

蘇我還是老樣子，以毫無緊張感的表情和口吻回答：「大門是自動鎖，無法確認……」

宇田川心浮氣躁。

「管它是自動鎖還是什麼鎖，直接闖進去不就行了！」

「我是普通人耶，又沒有警察手冊，會被當成侵入住宅抓起來……」

宇田川無言以對時，荒川開口：「喂，她出來了！」

18

從「麻布台商事」過來的女性正走出那棟大樓，手裡已經沒有原本拿著的大包包，料想是留在屋子裡。

荒川說：「上前盤問吧。」

宇田川附議。蘇我則待在原地不動。

荒川小跑步接近她，從背後叫住那個女人。

「打擾一下。」

女人似乎嚇了一跳，轉過身，停下腳步。

荒川笑著出示警察手冊。

「我是警察，可以請教你幾個問題嗎？」

「可以……」

女性露出疑惑的表情。身上是平凡的女性上班族套裝，髮型也很平凡，不過五官頗為立體，身材也很好，要是換成別的服裝，或許很能吸引男性注意。

「你是這棟大樓的住戶嗎？」荒川問她。

女人回答：「不是，我不住在這裡……」

「那麼是認識裡面的住戶嗎……？」

「啊，嗯……」

「你剛才是去幾號房？」

女人猶豫了半晌後說：「我不想回答……」

「那我們就得請你到署裡坐坐了。」

除非是現行犯，事實上警察如果沒有拘票，就無權帶走她，最多只能請她主動配合，她要是拒絕就沒戲唱了。

然而，一般人基本上都不會想那麼多，會以為警察有強行帶人回警局的權力。

即使知道警方沒有搜索票就無法強行調查，一旦被警察告知「跟我回署裡」，往往不敢拒絕。

這種誤解及誤會，對警方來說正中下懷。

女人露出不知所措的表情。

「我為什麼非得跟你去警局不可？」

「因為想請你詳細回答我們的問題。」

「我只是來送東西，順便打掃房間而已。」

「送什麼東西？」

「換洗衣物和食物……」

「誰的換洗衣物？」

「公司的人。」

「公司的人……？『麻布台商事』嗎？」

女人的表情轉為不安。

被警方點出公司名稱，任誰都會感到不安，會懷疑自己是否正受到警方的調查。

「是的。」

「屋子裡是什麼樣的人？」

「恕我無可奉告。」

「是女人還是男人？」

「男人。」

「方便的話，我想看一下屋子內部……」

「什麼意思？」

「我們正在調查一起與監禁有關的案子……」

「監禁……」

「沒錯，希望你能與警方合作……」

「你是說，有人被囚禁在屋子裡嗎？」

荒川不回答她的問題。

「只要讓我們看一下屋子內部就行了……。可以請你與警方配合嗎？」

女人突然恢復冷靜。

「可以呀。」

女人轉身，再次走向大樓。

她的回答與行動令宇田川大感意外。

荒川和宇田川不由得面面相覷。

女人打開玄關的自動鎖，走進大樓。

宇田川和荒川也跟上。

好高級的大樓，梯廳的地板看起來是由大理石鋪成。

走進電梯，女人按下五樓的按鈕。荒川和宇田川始終不發一語。

或許是因為緊張的關係，同時也是為了對女人施加壓力。

電梯停在五樓，一行人走到五〇三號房前，女人拿出鑰匙開門。

「請進。」

女人帶頭就要走進去，被荒川制止了。荒川率先進屋，然後是女人，宇田川殿後。

房間裡整理得井然有序。……其實是根本沒有人住在這裡的感覺。

荒川要求女人：「可以讓我看一下洗手間嗎？」

「請，看到你滿意為止……」

宇田川和荒川翻遍屋子裡的每一寸角落，絲毫沒有發現有人被囚禁的痕跡。

這是怎麼回事？

宇田川大惑不解。

大石不是被關在這裡嗎……那麼，大石到底在哪裡？

宇田川檢查完浴室和廁所，站在走廊上，荒川正好從廚房走出來，與宇田川的視線交會，搖搖頭。

女人在客廳等他們。桌上放著她帶來的波士頓包。

荒川說：「可以讓我看一下包包內部嗎？」

女人不置可否。

「請。我說過只有換洗衣物，食物已經放到冰箱裡……」

荒川打開波士頓包，宇田川也從旁邊探頭過去看。女人所言不假，裡頭只有衣物，是男人的襯衫和內衣。

荒川說：「我再問你一次，這是誰的衣物？」

「我想我沒必要回答。」

女人更冷靜了。

這次換宇田川問她：「誰住在這個屋子裡？」

「沒人住在這裡。」

「沒人住……？」

「這是公司租的屋子，是給客人過夜，或是輪值大夜班的員工休息用的。」

難怪沒有人在此生活的氣息。

「貴公司要輪大夜班啊？」

「因為是貿易公司，不能只在日本時間上班。」

「原來如此……」

宇田川心想，到此為止了。

對方還不知所措的時候，可能會不小心洩露不想洩露的祕密。可是一旦冷靜下來，就不太會出現漏洞。

荒川看了看宇田川，宇田川微微頷首。

荒川對女人說：「最後可以請教你的名字嗎？」

「秋島和美。」

荒川確認過漢字要怎麼寫之後，記錄下來。

「今年貴庚？」

「三十六。」

「你在『麻布台商事』上班對吧，是正式員工嗎？」

「對。」

「非常感謝你的合作。」

秋島和美顯然一肚子氣，只是沒有表現出來。

宇田川與荒川目送秋島和美離去，回到蘇我等待的停車場。

蘇我對宇田川說：「瞧你的樣子，看來大石不在那裡。」

「沒錯，屋子裡沒有任何人。那女人說那是公司租的房子，用來給客人過夜，或是輪值大夜班的人休息。」

「波士頓包裡面呢？」

「是男人的換洗衣物。」

「給誰用的？」

「她不肯說。」

宇田川心想：蘇我或許認為應該更緊迫盯人地逼問秋島和美。

但蘇我什麼也沒說。

倒是荒川開口：「總之大石不在屋裡，揮棒落空了。秋島和美大概只是為了公司的事過去的。」

蘇我反問：「公司的事？」

「或許有人要在那個房間過夜吧，所以才先準備換洗衣物和食物。」

「算了，有時候也會揮棒落空。」

蘇我的口吻依舊毫無緊張感。

荒川說：「回車上向植松警官報告吧。」

蘇我說：「我打算繼續留在這裡監視。」

宇田川不解地反問：「大石又不在那裡，還有什麼令你在意的事嗎？」

蘇我聳肩。

「這裡剛好介於『麻布台商事』和伊知原組中間，在這裡盯著或許能知道些什麼。」

在這裡盯梢能掌握大石人在何方的線索嗎？宇田川無法判斷。

蘇我目前不屬於任何單位，可以自行決定要如何拯救大石。
宇田川告訴他：「我們先回車上，務必保持聯絡。」
「沒問題。」
「你每次都這麼說，結果還不是神龍見首不見尾。」
「這次需要你們的幫助。」
宇田川相信蘇我所言。他轉身離去，與荒川一起和植松他們會合，坐進車子的後座，向植松報告事情的來龍去脈。
聽完他的報告，植松說：「大小姐真的不在那裡？」
荒川回答：「我們徹徹底底檢查過了，不會錯的。」
「有任何人待過的痕跡嗎？」
「房間整理得一塵不染，看不出來。」
「波士頓包裡確定是男人的衣物沒錯嗎？」
「沒錯。沒有任何女人的衣物。」
「不會是障眼法吧？」

「障眼法？」

「事先藏起女人的衣物，只留下男人的東西……」

荒川搖頭。

「秋島和美應該沒料到會被我們臨檢。也就是說，她應該做夢也沒想到警方會去調查。」

「喂，」植松對日野說：「去查清楚秋島和美的底細。」

「是。」

荒川反過來問植松：「公司有什麼動靜嗎？」

「有兩個人從裡頭出來，有一個人進去。看起來都不可疑，但是以防萬一，還是拍下來了。」

一提到救人，免不了會想到華麗的動作場面，但是在走到那一步之前，這種腳踏實地的調查是不可或缺的。

宇田川沒有太多解救人質的經驗，但多少也聽過一些傳聞。救出人質的那刻只是一瞬間，其他時間都花在與犯人對峙或用來說服犯人。

事。

植松拿出手機說：「我先向名波係長報告。」

撥通電話沒多久，名波係長便接起來，植松向他報告蘇我及秋島和美的事。

然後靜靜傾聽對方的交代。

「了解。」

植松回以這句，掛斷電話。

「晚上八點先回去『特命室』一趟。土岐和係長似乎從組對口中打聽到很多情報。」

「不用一直盯著『麻布台商事』嗎？」宇田川問道：「照秋島和美所說，為配合國外的客戶，半夜也有人上班……」

「這是係長的判斷，照做吧。」

「大樓那邊呢？蘇我一個人在盯梢。」

「八點前先跟他輪班，之後只能交給他判斷了。」

「明白。」

植松接著說：「堂島好像被釋放了，可能是搜查總部認為沒有理由繼續扣留他。」

荒川說：「畢竟堂島只是受兵藤所託，借車給他而已……」

植松點頭同意。

「光是能讓他招出兵藤的名字，就已經謝天謝地了。」

「他還供稱是大石來取車。」

「本來應該要再扣留他一陣子，逼他說出與美國的麻藥交易……」

「組對或麻取不會希望搜查總部這麼做，他們最喜歡放長線釣大魚，再一網打盡。」

在那之後，四個人專心盯梢。這是與無聊及倦怠的戰鬥。

下午五點，與蘇我取得聯繫，宇田川跟他換班。大樓只有貌似住戶的人出入。

晚上七點半，宇田川等人得先走一步。打電話給蘇我，蘇我說他要再回大樓監視。

宇田川對著回到大樓停車場的蘇我說：「你其實可以跟我們一起去『特命室』。」

蘇我笑著回答：「我被警方開除了。」

「那只是表面上吧？」

「不管是不是表面上，像我這種人不能出現在警局。」

或許是吧。

宇田川說：「那麼我們先撤退了。有什麼事馬上通知我。」

「沒問題。」

宇田川離開大樓停車場，走向停車的地方，與植松一行人會合。

「後來有什麼動靜嗎？」

名波係長問回到「特命室」的四個人。

植松回答：「沒有特別明顯的動靜。目前日野正在釐清秋島和美的背景。」

「蘇我呢？」

這個問題由宇田川回答：「在大樓盯梢。」

「『麻布台商事』在那棟大樓租了一間房是嗎？」

「是的。」植松說道：「離伊知原組的辦公室也很近，地點十分微妙。」

「有個這樣的據點，要做什麼都很方便。」

植松聳聳肩。

「用來軟禁大小姐再好不過了，可是大小姐卻不在那裡……」

名波係長沉默不語地點點頭。

植松問係長：「組對那邊如何？」

土岐回答：「兵藤是對美國麻藥組織的窗口，如今兵藤死了，對伊知原組也是一件大事。」

植松問道：「那個美國的組織都是些什麼樣的人？」

「組織以洛杉磯為地盤，銷售管道延伸到西海岸一帶及墨西哥，最近開始在日本試圖建立銷售管道。」

「因此找上伊知原組的傀儡公司『麻布台商事』嗎？」

「據說就是麻藥組織開的空殼公司，出資給快要倒閉的『麻布台商事』。如今兵藤死了，伊知原組大概也很擔心會不會對交易造成影響。」

「組對知道細木遇害的事嗎？」

「不知道，組對或麻取這次鎖定的人物名單中，並沒有細木的名字。」

荒川說：「但麻布署的組對知道。」

「本部或麻取才不會把小嘍囉放在眼裡。」

名波的手機震動起來。

「喂，我是名波。」專心地聽對方說了好一會兒之後，名波才回答：「我明白了，感謝您告訴我。」

看樣子對方是地位比名波還高的人，大概是管理官或課長。

名波係長掛斷電話說：「是田端課長打來的。他說SSBC分析影片的結果已經出爐了，確定監視器拍到的女性是大石沒錯，但是和她一起被拍到的男性不是兵藤。」

宇田川困惑不已。

「那是誰？」

「還無法確定對方是誰，只知與兵藤的特徵並不一致。」

意思是兵藤不在倉庫裡？

「不僅如此……」名波係長繼續往下說：「詳細的驗屍報告也出來了。兵藤是週日晚上九點左右被殺。也就是說，細木遇害的時候，兵藤已經死了。」

宇田川忍不住看著荒川的臉。

荒川對上宇田川的視線，微微頷首。

19

「總覺得哪裡不太對勁。」荒川說道：「說不定兵藤與細木這個命案無關。」

植松聞言反駁：「怎麼可能。難道不是因為他是幹部，去命令手下幹的嗎？這可是你說的喔。」

「我一開始是這麼想的沒錯，小子也說過同樣的話。可是啊，如果是那樣，兵藤為什麼會被殺？」

「這個嘛……」植松顯得欲言又止：「得進一步調查才會知道……」

名波係長與土岐皺眉，似乎正專注地思考著什麼。

日野則一言不發。

宇田川已經聽荒川說過，所以既不驚訝，也不困惑。

而且現在反而會覺得荒川說的有道理，覺得自己可以理解他覺得不太對勁的地方。

這麼說來，兵藤的行動的確很不尋常。

宇田川說：「荒川警官一直說，他覺得兵藤的舉動很不對勁。」

名波係長點頭。

「這樣啊。我們倒是認為殺害細木的主謀就是兵藤，搜查總部也這麼認為，但荒川警官卻說兵藤可能不是主謀。」

植松思索著回道：「可是這麼一來就說不通了……」

荒川搖頭。

「兵藤是主謀才說不通。兵藤並未出現在倉庫和棄屍現場的運河邊。為什麼？因為他已經死了，再也沒有比這個更完美的不在場證明。」

「所以才說他是命令手下……」

「我不這麼認為。細木遇害以前，曾經受到長時間的監禁。」

「那又如何？」

「如果是兵藤的命令，手下應該抓到了細木就立刻殺死他。」

「不是因為想問出什麼嗎？」

「如果是要問出什麼，手下應該會與兵藤聯絡，而且是接到殺掉細木的命令才會動手殺人。可是啊，那時候兵藤早就死了。」

植松沉思了一會兒。

大概是在腦海中評估荒川所說的可能性，然後才開口：「原來如此……。的確要有人做主，才會殺害囚禁的人，不能光靠手下自行判斷。」

「還有啊，」荒川接著說：「我對手法也很在意。」，

植松反問：「手法……？」

「細木和兵藤都是被刺了一刀吧？」

「這麼說來……」植松說道：「去檢視發現細木屍體的現場時，小子也說很像專家的手法對吧？」

宇田川承認：「是有這種感覺。細木的刀傷只有一處，如果是外行人，應該會刺上好幾刀。」

荒川附和：「兵藤也只有一處刀傷，而且是致命傷，這無疑是專家的手法。」

土岐快速眨著眼睛說：「專家的手法嗎……？不是小混混……。是敵對組織幹的好事嗎？」

植松說：「不能小看小混混喔，最近就連丸B也不見得打得過他們。」

「儘管如此，小混混與專業的黑道還是有天壤之別。」

「所以你的意思是說，凶手是丸B？可是沒聽過伊知原組與其他黑道起

衝突的消息。丸暴又是怎麼說的？」

土岐回答：「本部的組對部沒提到這方面的事。」

宇田川說：「美國的組織呢？兵藤是接洽的窗口吧？會不會是犯了錯才被除掉……」

土岐搖頭：「也沒聽說有這回事。兵藤死掉的話，美國的組織應該會很傷腦筋。畢竟他們正想擴大銷售管道，這裡要從公事公辦的角度來思考。」

植松說：「究竟是誰殺了那兩個人……？」

宇田川感到心亂如麻。

他感覺到有個令人心煩意亂、不成形的玩意兒躲在濃霧的深處。

有時颳起一陣風，可以從某個霧氣散盡的角落，窺見那玩意兒的一部分。

就是這種感覺。

突然，耳邊傳來用力敲門的聲音。

所有人都被巨大的敲門聲嚇了一跳，不約而同地望向門口。

開門，有個沒見過的男人走進來，背後還跟著另外兩個男人。

率先進門的男人輪番看過所有人說：「就是你們在搞事嗎？」

名波係長面無表情地回應：「我不明白你在說什麼……」

這時，名波似乎認出他背後的其中一個人。

「這不是組對部的畑中警官嗎？」

聽聞此言，土岐探出身子，望向門口。

「畑中也來了？」

植松問土岐：「畑中是誰？」

「係長和我打聽消息的組對部麻藥搜查負責人。」

土岐口中的畑中，向他們介紹剛才進門那個盛氣凌人的男人。

「這位是厚勞省麻藥取締部的織部警官。」

織部不由分說地打斷他：「不用告訴他們我的名字。」

織部與畑中年齡相仿，約莫四十歲左右。儘管如此，織部卻表現得目中無人。

畑中繼續指著另一個人說：「這位是武原管理官。」

名波係長站了起來，其他人也形式上跟著起立，這是對管理官的禮儀。

名波係長問織部：「請問麻取有何貴事？說我們搞事又是怎麼回事？」

織部穿著西裝，但沒打領帶，依舊以高高在上的態度發言。

「光是你們聚集在這裡就已經在搞事了，難道不是嗎？」

「我們倒不這麼覺得。」

「既然如此，就給我把想法改過來。」

「要怎麼改呢？可以請你指點一下嗎？」

「你們正打算破壞我們好不容易進行到這一步的調查。」

「你是指伊知原組的古柯鹼交易嗎？」

「廢話！你知道我們截至目前為止，花了多少時間進行暗中調查嗎？」

「如果你們想將伊知原組和美國的組織一網打盡，我們也有我們該做的事。」

「什麼是你們該做的事？」

「當然是命案的偵辦。」

「明明要偵辦命案，卻到處打聽女性調查員的事？」

「你口中的女性調查員是指大石陽子嗎？」

「誰管她叫什麼名字。那個調查員是我們的人，別靠近她。」

「是你們命令她去臥底調查吧？」

「你們不需要知道這麼多。我只是來警告你們別插手。」

名波係長始終很冷靜。

「聽說用來救出大石陽子的功能無法運作了，總得有人去救她才行。」

「你們想救她是你們的事，但是要等我們了解伊知原組的交易全貌之後才能動手。我們還需要交易對象的情報。」

「等到那時候，大石就會有生命危險了，我認為必須盡快救她出來才行。」

「我才不管你在想什麼。」

「這不是我個人的判斷，而是負責統籌臥底調查的警察廳警備局警備企畫課的判斷！」

「警方的人做出什麼判斷都與我無關。聽好了，不准接近伊知原組與『麻布台商事』。」

「這麼一來就無法救出大石了。」

「你們是警察吧，應該會有別的辦法。」

「我們不能見死不救。」

「自從你們當上巡查的那一刻，就應該要做好相當的心理準備了。」

織部的言下之意是——犧牲大石也無所謂。

組對的畑中和武原管理官一聲不吭。

換言之，他們也認同織部說的話。

名波似乎還在思考要怎麼回答。

因為沒有人反駁，織部以為已經達成共識，不容置喙地說：「聽好了，要是敢破壞我們的調查，可不是只有你們會被炒魷魚。聽懂了的話就給我安分一點。」

「聽不懂耶。」

宇田川發難。

他再也控制不住了。

雖然當著管理官的面，但就是管不住自己的嘴巴。

織部大驚失色。

「你說什麼？」

「你說聽懂了你在說什麼的話，就要安分一點。但我聽不懂，所以也無法安分。」

「你說什麼……」

織部臉色大變。

「話說回來，你有什麼權限命令我們？我們應該沒有必要對你言聽計從。」

「我是厚勞省的人，是省喔！廳的人只要乖乖聽話就好了。」

「這不是省或廳的問題吧，而是事關同事的生命。」

「警察的工作不就是這樣嗎！」

「厚勞省是怎樣我不知道，但我們絕不會對同事見死不救，這是我們的驕傲。」

「我們做的一切都是為了保家衛國。」

「不在乎一條人命的人，也不會把上百人的生命放在心上吧，這種人有什麼能力保家衛國？你想保護的只是厤取的立場，而不是國家吧。」

織部氣得快說不出話來。

「你這傢伙……。告訴我你的職稱和姓名。」

這句話是對警察最大的恐嚇。

因為公務員最害怕的莫過於處分。

但宇田川無所畏懼。

他已經想開了，就算被開除也無所謂。

「我是警視廳搜查一課殺人犯搜查第五係的宇田川亮太。」

「我記住你的名字了。」

「我和正從事臥底調查的大石陽子是同期，如今正想辦法營救她的蘇我和彥也是我們的同期。」

「蘇我……？誰啊？」

「前公安調查員。」

「前公安……？你們剛才提到警察廳的警備企畫課，他是ZERO的人？」

「這是警察內部的問題，無可奉告。」

「無所謂。不管你再怎麼不聽話，事情都不會改變。我再說一次，不准接近伊知原組與『麻布台商事』！」

「恕難從命。」宇田川說：「為了偵辦命案，也必須向『麻布台商事』的董事或員工問話。」

「轄區請遵照我的指示。」

「我們調查的是命案，又不是在查麻藥交易，沒必要聽從你的指示。」

織部滿臉怒氣地對武原管理官說：「聽好了，想辦法讓他們接受我的指揮，這是你的責任。還有，給我想一下要怎麼處分這個年輕人。」

接著他踩著聲響大作的腳步聲轉身離去。

武原管理官看著宇田川。

宇田川已經有所覺悟。

在管理官面前大放厥詞，肯定會被痛罵一頓。

像這種時候更應該謹言慎行，但是為了救出大石，光是謹言慎行根本行不通。

武原管理官說：「你是名波係長吧？」

名波回答：「是的。」

所有人都還站著。

武原管理官接著說：「剛才有人要我想一下，要怎麼處分你們家的年輕人……」

「是。」名波說道：「他太放肆了……」

「一點也沒錯。所以我照他說的，想了一下處分方式。」

宇田川低下頭，盡可能表現出畢恭畢敬的態度。他打定主意，不管對方說什麼，都不要回嘴。

該說的他都說了，接下來就任憑管理官處置。

武原管理官說：「我想了一下，結論是不需要處分。」

還不能放心，宇田川繼續低著頭。

名波反問：「不需要處分……？」

「麻取沒權利要求我要怎麼處分警官。」

「這倒是……」

「宇田川。」

被武原管理官喊到名字，宇田川抬起頭來。

「在。」

「既然你話說得這麼滿，該做的事就要做到。我們原本是打算一有危險，就馬上進行家宅搜索，救出大石，可是卻發生殺人命案這種出乎意料的狀況，真是計畫趕不上變化。」

要是現在進行家宅搜索，就會擾亂命案的偵辦腳步。證據還不夠充分時，擔心此舉可能會讓凶手有逃亡、湮滅證據之虞。

武原管理官接著說：「就算沒有發生命案，或許也很難救她出來。因為目前聯絡不上本人，組對無法掌握她的狀況。於是便向統籌臥底調查的警察廳警備企畫課求助。」

所以蘇我才會展開行動。

武原管理官又說：「我聽說你們接獲救出大石的特別命令，既然如此，就好好地完成這個任務。」

「是。」宇田川回答。

畑中一臉抱歉地對土岐說：「我告訴你們情報的事，被織部知道了……。變成這樣，好像是我打了小報告，真不好意思。」

名波係長問武原管理官：「真的可以不用理會麻取嗎？」

「這部分組對部會處理。我聽說大石很有可能目擊到殺人現場。」

「我們認為她應該知道些什麼。」

「那麼救出大石就能釐清命案的真相，而釐清命案的真相也有助於麻藥交易的調查。」

「了解。」名波係長一口答應。

武原管理官點點頭，走出房間。

「那我也告辭。」

畑中丟下這句話也離開了。

見係長坐下，植松吐出一口大氣，也坐了下來。

其他人也紛紛就座。

植松開口：「果然是警備企畫課的ZERO要蘇我出動。」

宇田川說：「但只派出蘇我一個人，不覺得太過分嗎？警備企畫課應該負起責任，妥善處理才對……」

「因為檯面上不承認臥底調查嘛，所以也不能大動作地採取行動。」

土岐打圓場。

「所以得由我們搞定。只要能救出大小姐，我倒是沒有意見。」

荒川說：「織部他們闖入之前，我們是在討論兵藤對吧？」

名波係長點點頭：「沒錯。正在討論兵藤或許與細木命案無關。」

宇田川想起那股籠罩在迷霧裡，令人心煩意亂的感覺。

他決定從命案的起點開始思考。

這時，感覺濃霧突然散去。

「啊……」

宇田川輕呼。

植松問他：「怎麼了？小子。」

「我好像搞懂整件事的癥結了。」

所有人都看著宇田川。

20

名波係長挑眉。

「你搞懂整件事的癥結了？什麼意思？」

宇田川思索要從哪裡開始說。

「要大石開車去倉庫的人，或許不是兵藤。」

「你說什麼……」植松說道：「可是監視器確實拍到大小姐開車的畫面啊，大小姐是在兵藤的命令下，去向堂島取車吧？」

宇田川回答：「這只是堂島的片面之詞。」

名波係長與植松面面相覷。

荒川、土岐、日野都看著宇田川，希望他說得更清楚一點。

「聯絡不上大石，兵藤又死了，所以無法證明堂島的供詞是不是真的。」

植松說：「是這樣沒錯……」

宇田川對荒川說：「大石在晚上八點左右開車到倉庫，倘若是兵藤要她開車過去，為何會指定那個時間？再說，兵藤為何想要用堂島的車……。您還記得我們討論過這件事嗎？」

「記得。」

「倘若不是兵藤要大石開車過去，這一切就合情合理了。」

荒川挑眉：「此話怎講？」

「荒川警官說過，想不透兵藤為何要特地讓大石去向堂島借車對吧？」

「沒錯，只要開自己的車就好了。如果擔心車上留下犯罪的痕跡，應該會用與伊知原組和『麻布台商事』無關的車。」

「是他自己的車。」

「你說什麼？」

荒川詫異地注視著宇田川。

其他人的視線也同樣集中在宇田川身上。

宇田川接著說明：「因為是堂島要大石去取車，這麼一來，邏輯上就說得通了。」

「等一下，可是大石去向堂島取車的時候，堂島在自己家裡吧。」

「這也是堂島自己的片面之詞，沒有確切的證據。」

「這倒也是。」植松說道：「因為我們一直以為堂島只是照兵藤的吩咐，在一無所知的情況下借車給他……」

宇田川說：「說不定堂島就在倉庫裡。」

植松反問：「就在倉庫裡？」

「沒錯。您不覺得從這個角度來思考，事情就可以全部兜起來嗎？」

荒川思索著說：「說的也是。兵藤據研判是在週日的晚上九點左右遇害，車子出現在港南五丁目的倉庫則是晚上八點過後……。很難想像當時兵藤人在那裡，負責指揮現場的應該另有其人，假設那個人就是堂島……」

日野開口：「可是，堂島說他只知道大石是新來的員工。」

宇田川回答：「沒錯，讓他看了大石的照片，他認出大石是去取車的人，但或許那也是在演戲。」

「為何看到照片要承認大石是去取車的人呢？」

「在這一步要是否認，事情會變得很麻煩，所以就把謊言和實話分開來用，這是不讓人起疑的方法，我們完全被他唬住了……」

「依順序回想吧。」荒川說道：「首先是一開始，大石正式被『麻布台商事』雇用是上週五的事，過了兩天的週日，大石奉命去取車……」

「大石在那之前就開始打工，所以在成為正式員工以前，或許就和堂島接觸過了。」植松說道。

「很有可能。畢竟大小姐的目的是蒐集有關麻藥交易的情報，為此接近可能會與麻藥交易有關的人，也沒什麼好不可思議的。」

日野提問：「你是指堂島與麻藥交易有關嗎？但根本沒有這方面的情報……」

植松回答：「堂島是伊知原組的組員，認為他與麻藥交易有關反而是再自然不過。」

荒川接著說：「要大石去取車的時候，堂島人在哪裡？不太可能如他本人所說，真的待在自己家裡。」

宇田川回答：「恐怕就在倉庫裡。」

土岐說：「SSBC說和大小姐一起被監視器拍到的男人不是兵藤，該不會就是堂島……？」

名波係長拿出手機。

「我這就向搜查總部報告這件事，請SSBC再解析一次那個人是不是堂島。」

名波立刻打電話聯絡。

荒川等他打完電話，開口說：「堂島或許從大石去取車之前就在倉庫裡了。」

宇田川附和：「我猜他從車子抵達之前就囚禁了細木。」

「為了問出什麼嗎……？」

「我想是的。」

「到底想問出什麼呢？」

「肯定是與麻藥交易有關的事……。細木是藥頭吧？會不會是有什麼糾紛？」

「關於這點，我再問問麻布署的竹本。所以呢，殺害兵藤的到底是誰？」

宇田川說：「也是堂島吧。」

「殺害他的理由是？」

「我猜大概跟細木對堂島說的內容有關。」

「他說了什麼？」

「這我就不知道了。不過，以時間上來說，只有這個可能。堂島在晚上七點到七點半之間派大石去取車，或許是打算開車去找兵藤，但後來又打消念頭。大概是擔心警方會查到自己頭上，發現開自己的車去不太妙，所以改搭計程車之類的前往兵藤的住處……」

植松說：「家裡沒有打鬥的痕跡，表示兵藤沒有戒心，顯然是熟人下的手，如果對方是堂島就不奇怪了。」

土岐說：「時間上也很合理。」

日野說：「車子就停在倉庫那邊，用來搬運細木。」

植松問名波係長：「你怎麼看？說不說得通？」

名波沒有半絲遲疑，不假思索地告訴宇田川：「馬上去搜查總部。既然是你開的頭，就由你來說明。」

「了解。」

荒川說：「開車去。」

宇田川欣然接受，借了白天用來盯梢的偵防車，自己負責開車，名波則坐在副駕駛座。

大約二十分鐘左右，就抵達東京灣臨海署。

晚上九點過後，搜查總部的夜間會議剛好結束。

不只池谷管理官，野村署長和田端課長也在。

田端課長問道：「怎麼了？」

課長看到他們，立刻意會過來是什麼事。

名波係長走到幹部座位區的田端課長面前，池谷管理官從管理官的座位起身，走過來。

名波係長說：「真凶可能是堂島。」

田端課長皺眉：「堂島……？他只是借車給兵藤吧。」

「嗯，一開始是這麼想的，但是這麼一來怎麼都說不通……」

「說明一下。」

「這是宇田川推理的，由他本人自己來說明。」

宇田川依照順序，把在別館「特命室」說過的話再說一遍。

聽完他的說明，田端課長沉思了半晌，好一會兒才說：「你的意思是，殺死細木和兵藤的凶手都是堂島……」

「聲稱借車給兵藤、兵藤命大石去取車都只是堂島的片面之詞，並沒有取得佐證。」

「因為當初以為兵藤是真凶，相信堂島只是借車給他。」

「兵藤的名字也是從堂島口中問出來的。」

野村署長說：「堂島為何要殺兵藤？」

名波回答這個問題：「還不清楚。只是，兵藤是跟美國痲藥組織交易的窗口，所以肯定與此有關。」

野村署長對田端課長說：「必須向組對蒐集更多情報。」

「就這麼辦。」田端課長表示同意，對名波係長說：「然後呢，救出大石的事進行得如何？你們的任務應該是這個才對。」

「麻取跑來罵人了。」

「你說什麼？」

「為了查出大石的下落，我們監視了『麻布台商事』。站在麻取的立場上，大概不希望我們接近伊知原組和『麻布台商事』。」

「所以呢？」

「被宇田川罵回去了。組對的武原管理官在旁邊目睹整個過程，要我們徹底完成這個任務，麻取的事就交給組對部。」

田端課長看著宇田川，一臉拿他沒辦法地說：「你這傢伙還是老樣子，就不怕懲戒嗎？」

宇田川回答：「我只是認為正確的事就應該去做。」

「你將來要不是出人頭地，就是回家吃自己……」

田端課長說完，面向池谷管理官：「堂島那邊呢？」

「因為判斷他與命案無關，已經釋放了……」

「看來得再抓他回來。」

「逮捕嗎？」

「就算要他主動配合到案說明，他也不會來吧。」田端課長冒出粗獷強勢的江戶口音，表示他也激動起來了：「那就逮捕吧！」

「可以的話，我也想這麼做……。可是證據還不夠充分……」

「必須有更多確切的證據，才能申請逮捕令。」

「那就去找出證據來。總之，先確認堂島的下落，派人去監視。」

「是，我馬上處理……」

名波係長說：「倉庫監視器拍到的男人可能是堂島也說不定，我認為有必要再檢查一遍。」

池谷管理官告訴名波係長：「你剛才打電話給我的時候，我已經交辦下去了。」

池谷管理官回到座位，迅速地下達各項指示。

田端課長說：「那麼，大石那邊有什麼進展？」

名波係長回答：「『麻布台商事』租的屋子位在六本木五丁目，還以為她被囚禁在那裡，但徵得工作人員的同意進入屋裡調查後，沒發現大石的蹤影。」

「也就是，還沒查出她的下落嗎？」

「是的。」

「同樣聯絡不上嗎？」

「聯絡不上。派她去臥底調查的組對也說聯繫不到她。還有，課長想的沒錯，是ZERO在蘇我背後下指導棋。」

「果然……」田端課長盯著宇田川說道：「身為同期，你想必急死了吧。」

「稍早之前的確是。」

田端課長和名波係長意外地看著宇田川。

田端課長問他：「現在已經不急了？」

「是的。我試著站在大石的立場思考，如果是她會怎麼做……」

「你認為她會怎麼做？」

「我猜大石應該知道事情的來龍去脈，萬一堂島就是主謀，知道這一點的她為了得到更多情報，想必會積極地接近堂島。」

田端課長想了一下說：「故意讓堂島認為自己可以為他所用嗎？」

「也可能幫助堂島逃亡或躲藏。」

「可是，再怎樣也不可能牽涉到命案裡吧……」

「這我就不知道了。不過為了自保，稍微遊走在法律邊緣也是無可奈何的事。」

「別胡說八道。」田端課長的臉色很難看：「萬一她真的犯罪，就不能睜一隻眼、閉一隻眼了。這是我身為搜查一課課長的立場。」

宇田川無言以對。

也有人是迫不得已被逼著犯罪吧，否則就會輪到自己有生命危險，這就是臥底調查的風險。

想是這麼想，但又不敢跟課長唱反調。

「只能祈禱大石平安無事地度過這個難關。」

課長這麼說的同時，管理官那邊突然騷動起來。

傳令兵不知道向池谷管理官報告了什麼，管理官立刻撥電話。

田端課長問管理官：「發生什麼事了？」

池谷管理官回答：「堂島消失了，不知去向。」

田端課長一聲令下：「召集所有沒任務在身的調查員，一定要找出堂島。」

「是。」管理官立刻回應。

這時，相樂係長走近管理官的座位。

可以聽見管理官和相樂係長的談話內容。

「為什麼要找出堂島？不是判斷他與命案無關才放了他嗎？」

「兵藤在細木遇害以前就被殺了，因此事情出現了變化。堂島說自己只負責借車的證詞並未取得佐證。」

「尚未取得佐證就放了他？」

聽到這句話的田端課長說：「是我說要放了他，是我的錯。」

相樂係長立刻換上惶恐的表情。

田端課長繼續說：「躲起來就更可疑了，去追查他的行蹤。」

「了解。」

相樂係長頓時氣焰全消，呆若木雞。

真不愧是田端課長——宇田川心想。

相樂係長離開管理官的座位區後，田端課長下令：「名波和宇田川回別館繼續處理大石的事，一定要毫髮無傷地救出她來。」

兩人行了禮，離開搜查總部。

上車後，名波係長說：「剛才那句話，你是認真的嗎？」

「剛才哪句話……？」

「你說大石想必會積極地接近堂島。」

「我是這麼想的。」

「既然如此，她可能會想盡辦法跟我們聯絡。」

「有道理……」

「可能是任何人都不會注意到的聯絡方法……。如果是你或蘇我，應該會知道吧？」

說是這麼說，但宇田川一時半刻也沒有頭緒。

「我再想想。」

宇田川說道，發動引擎。

21

奔馳在夜晚的台場，遇到紅燈暫停車時，宇田川驀然想起。

「難不成……」宇田川說：「監視器的畫面或許拍到了什麼！」

副駕駛座的名波係長一臉詫異地反問：「什麼意思？」

「可以在任何人都不會注意的情況下，聯絡上大石的方法。」

綠燈了，宇田川驅車前進。

名波不以為然。

「萬一監視器拍到什麼，SSBC一定會告訴我們吧。」

「我猜SSBC的成員可能注意不到。」

「他們可是解析影像的專家喔。」

「不是解析技術的問題。倘若大石預料到監視器影像會被我和蘇我看見……」

「你是說，她可能給了什麼暗示嗎？」

「有這個可能性。」

「影片有拷貝下來吧？」

「我記得是用日野的電腦看的，所以拷貝應該在日野手上。」

「死馬當活馬醫，立刻重看一次。」

回到臨海署別館的「特命室」已經是晚上九點四十五分。

植松和土岐、荒川不知在討論什麼。

名波係長問他們：「日野呢？」

植松回答：「去『麻布台商事』調查秋島和美的事。」

「在這個時間……？」

荒川回答：「因為要和國外交易，貿易公司深夜也會輪班。這是秋島和美本人告訴我們的……」

名波繼續追問：「有必要去公司打探她的事嗎？」

植松回答：「根據日野的調查，她雖然沒有前科，但是在公司的職務有點令人在意……」

「職務……？」

「她是堂島董事的秘書。」

「原來如此……」

「係長又查到了什麼？」

名波係長回答植松的問題：「正在追查堂島的下落，並且打算再看一次監視器的畫面。」

「監視器的畫面……？為什麼？」

「宇田川說大石說不定會留下什麼暗示……」

植松看著宇田川。

「暗示？可是我們已經看過監視器的畫面啦，沒有任何暗示。」

「或許只是沒注意到，因為當時誰也沒想到這個可能性……」

名波係長說：「也許是我們看不出來，唯有宇田川或蘇我才會注意到的暗示。」

荒川說：「上次是用日野的電腦來看監視器畫面。」

宇田川點頭。

「拷貝檔應該還在日野手上，等他回來吧。」

「不想浪費這段時間呢。」荒川說道：「我想再去會一會麻布署的竹本……」

植松說：「我們剛才討論到，如果堂島殺了細木和兵藤，會不會是因為細木知道什麼祕密……」

名波也表示同意：「很有可能。」

荒川說：「麻布署的組對課或許知道一些細木或堂島的事，只是沒告訴我們，我去打探一下。」

荒川拿出手機，大概是要打電話給竹本，而竹本肯定十分不想接到他的電話。

但荒川一臉平心靜氣的模樣。

宇田川已經了解，他比外表還要更不屈不撓。

宇田川說：「我也去。」

名波係長贊成。

「開車去。」

「感激不盡。」

荒川謝過，開始打電話。

離開臨海署別館時，已經快晚上十點了。

據荒川所說，竹本人在麻布署。這個時間還要工作，轄區的刑警也不輕鬆。

抵達麻布署，見到竹本的時間是晚上十點二十五分。他正在寫日報表。

果不其然，竹本的表情非常不耐煩。

「我已經無話可說了。」

荒川先道歉：「呃，半夜殺去你盯梢的地方，真不好意思。」

「你知道就好。」

「殺害細木和兵藤的真凶可能是堂島……」

竹本原本在打電腦的手停在鍵盤上，大吃一驚地抬起頭來。

宇田川也嚇了一跳，沒想到荒川會向轄區的調查員透露最新的搜查情報。

荒川絕不是不小心說溜嘴，這麼做肯定有他的盤算。

宇田川暗忖，並且默不作聲地聽他們討論。

竹本說：「此話怎講……？」

「細木遇害的時候，兵藤已經死了。」

「所以真凶是堂島嗎……？」

「這麼想的話，一切就兜起來了。」

荒川掐頭去尾地說明了兵藤與細木的關係。

竹本邊聽邊思考，恐怕是在腦海中比對荒川的說明與自己知道的事實。

過了一會兒，竹本開口：「可是不知道堂島殺害兵藤的動機。」

「是嗎？」

「你以為我知道些什麼卻不說嗎？不，我真的不知道堂島在想什麼。」

「那細木呢？」

「細木……？」

「他在你的轄區販賣毒品吧？而且還是古柯鹼，這可是你說的。所以你應該還知道別的事。」

竹本皺著眉頭。

「我不是告訴你，我不能說嗎。」

荒川伸出大拇指指著宇田川：「這小子對麻取的織部取締官大放厥詞呢……」

「什麼……對織部……？」

竹本目瞪口呆地看著宇田川。

宇田川有些尷尬，什麼也沒說。

荒川接著說：「當時組對部的武原管理官和畑中也在場。武原管理官對小子說，麻取的事就交給他們，既然放了狠話，就要言出必行。也就是說，我們已經得到管理官的首肯了。」

「真是太誇張了……」

竹本喃喃自語，又瞧了宇田川一眼。

荒川要求竹本：「請告訴我關於細木你所知道的事。」

「真的不用管織部嗎？」

「不用，責任由我們來扛。」

「事實上，細木的古柯鹼來源是個謎。」

荒川皺眉。

「你可知道負責偵辦麻藥、興奮劑的人，最關心的是什麼？」

「銷售管道吧。」

「沒錯。沒日沒夜地分析毒品是從哪裡來的？流入市面多少？由誰負責販賣……。揭發染毒的明星，圖的無非是廣告效果，說是殺雞儆猴也不為過。對於搜查藥物的負責人而言，比起嗑藥、更想知道持有藥物的人，比起持有藥物、更想知道買賣的人，比起買賣、更想知道進貨管道。」

「我知道。這次盯上『麻布台商事』，也是為了追查大規模的銷售通路。」

「沒錯。麻取或組對部為了得知美國的組織正在從事多大規模的古柯鹼交易，才會派人潛入。」

「你對臥底調查，真的什麼都不知道嗎？」

「我什麼也沒聽說。」

「與小子同期的女警潛入『麻布台商事』當新進員工，如今卻失去聯絡。」

「女警……？」

「名叫大石陽子。緊急情況的救援行動無法運作了。」

「什麼意思？」

「簡單地說，就是無法從臥底的地方救她出來。組對原本計畫進行家宅搜索，以帶回警局的方式救她出來。」

「那位臥底搜查官是不是扯上什麼案件了。」

荒川同意他的假設：「她好像混到堂島身邊了，開著他的車時被監視器拍到。」

「這不是有點不妙嗎？」

「所以我們才心急如焚啊。我明白你們已經得到與古柯鹼交易有關的情報，但細木的古柯鹼來源是個謎又是怎麼回事？」

「細木只是小嘍囉，要是他販賣的古柯鹼來自美國的組織，一定要經過正式的管道。換句話說，有人負責總管一切，再分配給下面的小嘍囉販賣，中間可能會經過好幾手，這樣才能掌控全國的供應量。古柯鹼基本上不是細木這種小流氓可以碰的東西。」

「但細木確實在販賣古柯鹼吧？」

「所以我們懷疑他可能手腳不乾淨。」

「手腳不乾淨……？你是說並非經過正規的管道，而是偷偷拿出來賣嗎？」

「除此之外沒有別種可能了。」

「像細木那種小嘍囉，不太可能從古柯鹼流通的過程中偷出來賣。」

「所以大概是幹部做的好事。」

「兵藤嗎？」

「不，兵藤是與美國交易的窗口，把商品偷出來賣，對他一點好處也沒有，他反而是要管理別讓這種事發生的人。」

宇田川下意識開口：「如果是堂島就不意外了。」

荒川和竹本同時望向宇田川，不約而同地點頭。

竹本說：「我也懷疑那些古柯鹼是不是他弄來給細木賣的。」

荒川問他：「找到證據了嗎？」

「這是你們的任務吧。」

「說的也是……」

竹本聳聳肩：「不過，我們也可以助你們一臂之力。我來調查看看。」

「我欠你一個人情。」

「要謹記在心喔。」

荒川和宇田川離開麻布署，前往臨海署別館。

晚上十一點半左右，宇田川和荒川回到「特命室」。

日野已經回來了。

植松對著他們兩人說：「喔，日野已經準備好電腦，可以看影片了。你們那邊有什麼收穫？」

荒川向名波係長報告堂島有偷古柯鹼出來賣的嫌疑。

植松、土岐、日野也在一旁聽著。

「原來如此……」聽完他的報告，植松說道：「這麼一來總算能看清事情的全貌了……」

日野盯著植松的臉問他：「咦……什麼全貌？」

名波係長、土岐、荒川皆不發一語。

宇田川也想像到大致的來龍去脈，但仍決定保持沉默。

植松開始娓娓道來：「我們一開始以為幕後主使是兵藤。但是這麼一來，有太多不合邏輯的地方。例如兵藤為什麼命令大小姐去向堂島取車？為什麼要將細木囚禁在倉庫裡？以及他為什麼會被殺？這些都找不到合理的解釋。再加上已經得知細木遇害時，兵藤早就死在自己家裡，這點怎麼想都很詭異。也難怪，因為有人刻意要我們以為幕後主使就是兵藤。那麼是誰要我們以為幕後主使是兵藤呢？如果是堂島的話，一切就說得通了。」

日野靜靜地聽植松說明。

名波係長等人也不例外。

宇田川邊聽植松說明，邊整理自己的思緒。

植松接著說：「還有，堂島為什麼要讓我們以為幕後主使是兵藤？這是因為他才是凶手。」

日野問：「他才是殺害兵藤和細木的人……？」

「沒錯。問題是堂島為何要殺害他們？他的動機原本是個謎，如今終於真相大白。」

解釋到這裡，日野似乎也明白了，只見他理解地點頭同意。

儘管如此，植松仍繼續說明。

「堂島偷了一些用來交易的古柯鹼，交由細木販賣。當然是瞞著兵藤，萬一被發現可是會出大事的。兵藤自己當然不用說，美國的組織也不會放過堂島。」

日野問道：「兵藤發現了嗎？」

「兵藤如果發現，死的就是堂島而不是兵藤了。大概是快被發現，所以堂島才殺死兵藤。不管如何，只要兵藤還活著一天，堂島就一天不能安心。」

「是堂島將細木關在倉庫裡、殺了他嗎？」

「恐怕是的。」

「這又是為什麼？」

荒川代為回答這個問題：「以下是我的想像，會不會是因為細木知道古柯鹼的來源，他嚇到了吧？」

日野看著荒川。

「嚇到了……？」

「沒錯。一旦知道古柯鹼是偷來的，肯定會嚇到吧。細木應該也不想與兵藤及美國的組織為敵，或許還向堂島說他想抽身了，所以堂島開始擔心細木會不會告訴兵藤自己偷古柯鹼出去賣的事，因為膽小鬼通常很容易說溜嘴。」

植松接著說下去：「沒錯，心生恐懼的傢伙非常不受控制，於是堂島開始擔心，不曉得兵藤什麼時候會發現，說不定他已經發現了……。這時候很容易疑神疑鬼。」

名波係長說：「我再去一趟搜查總部，向課長和管理官報告。宇田川負責重新檢查監視器畫面。」

宇田川點頭應允：「了解。」

名波係長離開後，日野開口：「準備好了。」

宇田川坐在日野的筆記型電腦前。

日野開始播放影片。

22

宇田川快轉，沒必要檢查沒有拍到大石的地方。

轉到大石和男人被拍到的畫面，宇田川調回普通的速度。因為大石只出現在畫面裡短短幾秒。

宇田川不斷重播，終於讓影片停格在某個畫面。

從背後窺探螢幕的植松問他：「怎麼了小子。有什麼發現嗎？」

「大石顯然知道監視器的位置。」

「真的嗎……？」

「請看她的右手，她正對著鏡頭握拳。」

只是一瞬間的動作。宇田川把影像倒回去一點，以慢動作播放。

荒川說：「雖然只有一瞬間，看起來的確是那樣沒錯呢。但這又代表什麼？」

「我還在警校的時候，和大石、蘇我同一班。為了撐過辛苦的訓練，我們約好要互助合作。為了互相幫助，必須了解對方的意思，但又不能讓其他人發現，所以就設計了暗號。」

荒川問道：「暗號……？」

「沒錯。暗號太明顯會被周圍的人發現，所以我們決定採用簡單的暗號——剪刀石頭布。」

「剪刀石頭布……」

「布是危險的狀態，意指已經不行了，需要幫助。剪刀是雖然危險，但還能堅持下去。石頭是不要緊，不需要幫助的意思。」

「也就是說……」土岐說道：「這個暗號是不需要幫助的意思。」

宇田川注視著土岐回答：「是的。至少在這個監視器拍到她的時候，大石還控制得住狀況。」

土岐自言自語地說：「你說大小姐還控制得住狀況，到底是什麼意思？」

「我猜大概是她順利取得了堂島的信任。我猜得沒錯，大石果然會主動接近堂島。」

「這麼說……」植松說道：「和她一起被監視器拍到的，或許真的是堂島沒錯。」

土岐對植松說：「這部分還在等SSBC的解析……」

「既然如此……」荒川說道：「只要找到堂島，不就能更快找到大石嗎？」

植松告訴荒川：「搜查總部已經把追查堂島的下落擺在第一順位了。」

「如果是大石……」宇田川說道：「說不定會假裝要幫助堂島逃走，巧妙地將他誘導到我們身邊。」

四個大男人全都驚詫地看著宇田川。

日野不以為然：「怎麼可能……光是平安沒事就已經是老天保佑了。」

他的說法讓宇田川爆青筋，但現在不是逞口舌之爭的時候，只好當作沒聽見。

荒川說：「大石真的給了不需要幫助的暗號？」

宇田川不假思索地用力點頭。

「其他人可能不會注意到，但我和蘇我一看就知道了。大石肯定是預料到我或蘇我會看到監視器的影像，所以才留下訊息。」

「怎麼可能……」日野說道：「這只是你樂觀的預測吧？要是判斷錯誤，後果不堪設想喔。」

宇田川對日野說：「我不會判斷錯誤。」

「她是在臥底調查的時候被捲入犯罪之中，這種時候怎麼可能還那麼冷靜？」

「大石的話就有可能。」

宇田川認為就連他和蘇我都不是大石的對手，大石就是這麼優秀。不，或許只有自己不是對手。

蘇我總是超然物外，不管誰多優秀，他都不會放在心上。

看在宇田川眼中，他們兩人都不是等閒之輩。

植松問宇田川：「你相信大小姐吧？」

「對，我相信。」

「那我也相信。」

這麼一來，土岐也附議。

「我也相信喔。我想大小姐一定會採取小子預測的行動。」

荒川說：「把堂島誘導到我們這邊……。大石真的有這麼大的能耐嗎？」

宇田川幾乎已經深信不疑了。

「至少她會努力這麼做。」

「沒有證據顯示吧。」

「自從在倉庫前被監視器拍到，就再也沒看到大石的身影。要是臥底調查被發現，不只是細木和兵藤的屍體，應該也會找到大石的屍體。」

「或許沒錯……」

「我們一直以為找不到大石是因為她被囚禁，但我認為也有可能不是那樣。」

荒川說：「你的意思是，大石很可能積極地想要接近堂島？」

「是的。我認為她很有可能已經接近堂島，並且取得了他的信任，現在也還在他身邊。她故意讓監視器拍到的暗號，足以證明這一點。」

荒川陷入沉思。

他沒見過大石，所以一時半刻還無法接受我的假設——宇田川心想。

荒川說：「日野或許說的沒錯，會不會是小子摻雜了太多樂觀的預測？」

「大石的表現永遠比我預測的還要完美。」

「我不是不相信你，我只是對沒有確切證據的事抱持保留態度。」

植松說：「我們特命班的任務是救出大小姐，不是找出足以起訴的證據，因此我認為這裡可以相信小子的判斷。」

土岐投贊成票：「就是這麼回事，我贊成！完全沒有大小姐的音訊反而坐實了這一點。」

植松附議：「我也贊成小子的判斷。」

荒川聳聳肩。

「正因為我們的任務是要救出大石，才必須更加慎重。」

植松告訴荒川：「當然要慎重，但也不能因此裹足不前。」

荒川考慮了好一會兒，總算點頭同意。

「好吧，我相信小子的判斷。」

植松對宇田川說：「你說大小姐可能還在堂島身邊？」

「我認為這個可能性很高，也認為監視器拍到的男人應該就是堂島。」

土岐說：「這部分只能等SSBC的解析。」

植松接著說：「這麼一來，大小姐不就有協助堂島逃亡的嫌疑？」

宇田川回答：「至少她會讓堂島這麼以為，而且遲早會誘導他到我們布下的警網中。」

「問題是你口中的警網在哪裡？在無法與大小姐取得聯繫的情況下，她打算將堂島誘導到哪裡？我們又該如何得知？」

宇田川想了一下。

「大石應該正在拚命思考，而且應該很快就會想到辦法。」

「所以說，如果無法讓我們知道那個辦法就毫無意義了。」

「就算無法取得聯繫，還是能溝通。大石已經證明過一次了。」

「你是指她向監視器擺出握拳的手勢？除了那個以外，她還留下什麼訊息嗎？」

「我猜不只是訊息。」

「不只是訊息？那要怎麼溝通？」

宇田川拚命思考。

如果是我和大石會怎麼做？

如果是我和蘇我會怎麼做？

如果是蘇我和大石又會怎麼做？

「大石和我們的共通點是熟知偵辦犯罪的方法。」

「那又怎樣？」

「她認為我們在偵辦的過程中一定會解析監視器，所以想到要留下訊息……」

四個人的視線全都落在宇田川身上。

「莫非是大樓……」

宇田川突然想到。

「大樓……？」植松問道：「哪棟大樓？」

「六本木五丁目的大樓，『麻布台商事』租的屋子。」

荒川說：「秋島和美送男人用的東西過去，是準備給誰在那裡過夜用的東西。而她是堂島的秘書。」

「換句話說，是為了讓堂島躲在那裡所做的準備嗎？」

「大概是吧。」

「可是……」植松想了一下，「臨檢時，她讓我們看了屋子內部。」

荒川點頭：「嗯，沒錯。」

「既然如此，堂島當然也知道警察去過那裡了。」

「秋島和美應該會通知堂島，畢竟她表面上是秘書，實際上是堂島的情婦。」

「什麼……」宇田川不由自主地驚呼：「這我還是第一次聽到……」

植松說：「小子還不知道呢，這是日野問到的情報。」

日野告訴宇田川：「我去『麻布台商事』員工經常去喝酒的居酒屋打聽，人果然黃湯下肚，嘴巴就關不緊呢。」

宇田川請教日野：「她真的是堂島的情婦？」

「她原本是六本木的酒家女，在那裡認識堂島。堂島當上『麻布台商事』的董事後沒多久，她就進公司當秘書。他們的關係在公司裡早已是公開的祕密。」

植松言歸正傳：「堂島不會靠近已經被警察知道的地點吧？怎麼想都太危險了。壞蛋都非常小心，就跟野生動物沒兩樣。」

荒川聳肩。

「或許是吧……。一旦知道警察來過自己想躲藏的地方，肯定不敢再靠近。」

宇田川說：「我覺得只有那棟大樓是可能的地方。」

植松一臉詫異地問他：「為什麼？」

「那是大石和我們都能想到的地方。」

「都能想到的地方……」

「沒錯。在無法取得聯繫的情況下，要說什麼是默契，就是雙方都能想到的地方。目前的情況就是預料堂島會用來藏身的地方。我認為大石已經預料到我們在偵辦的過程中會找到那棟大樓。」

土岐疑惑地看著植松說：「或許是這樣沒錯……但是就算大小姐和我們都想到那棟大樓又如何？」

宇田川回答他的問題：「大石一定會想辦法帶堂島去那棟大樓。」

「為什麼要做那麼麻煩的事……」日野說道：「只要告訴我們堂島在哪裡不就好了？」

宇田川告訴日野：「大石現在若和警察聯絡會很危險，一不小心可能會沒命。必須讓堂島相信自己是他的同伴，甚至是值得信賴的人。更何況，她不清楚目前的調查進行到什麼程度，也不知道我們已經開始懷疑堂島會不會就是幕後主使。」

植松一臉凝重地說：「因為搜查總部一度抓住堂島，又放他走了……。大小姐應該知道這件事。」

「所以是這麼回事嗎？」荒川說道：「大石期待我們布下天羅地網，試圖誘導堂島藏身於那棟大樓……」

宇田川點頭：「與其說是期待，不如說是確信。」

土岐問植松：「你怎麼看？」

「小子是我們當中最了解大小姐的人，只能相信他的判斷。」

荒川說：「也對，小子雖然經常胡言亂語，倒也不會說出不合邏輯的話。」

植松說道：「與麻取擯上的時候，我在一旁看得冷汗直流……」

宇田川說：「說不定蘇我還在那棟大樓附近。」

植松說：「馬上打電話給他，我來打電話給係長。」

宇田川和植松幾乎同時拿出手機。

撥給蘇我時，只響了三聲，他就接起來了。

「喂～～我是蘇我。」

依舊是拖長音的開場白，一點緊張感也沒有。

「你該不會睡著了吧？」

「才沒有。」

「你現在人在哪裡？」

「我不是說我還要在大樓這邊監視一下嗎。」

「在那之後你一個人在那裡監視啊……」

宇田川離開大樓是晚上七點半左右的事。表示蘇我在那之後一直獨自在該處監視。

「還好啦，暫時想不到別的地方可去……」

「你這傢伙，其實知道大石在想什麼吧？」

「什麼意思？」

「我認為大石正試圖巧妙地誘導堂島去那棟大樓。」

「欸……是嘛。」

「你也這麼想，所以才會在那裡盯梢吧？」

「才沒有，我根本沒有想過這種事。」

天曉得是真的還是假的。

「總之，你繼續待在那裡，我很快就會再跟你聯絡……」

「沒問題，反正也沒有其他地方可去……」

宇田川掛斷電話，植松還在通話中。

荒川問宇田川：「蘇我還在大樓附近嗎？」

「對。他好像在那之後一直在那裡盯梢。」

植松掛斷電話說：「立刻前往那棟大樓，係長稍後也會過來會合。」

宇田川再次打電話給蘇我。

「喂～～」

「特命班現在馬上過去。」

「那真是太好了。」

「那麼待會見。」

見宇田川掛斷電話，荒川說：「雖然擠了點，但只能所有人擠一輛偵防車。」

「能有車子坐就要偷笑了，哪有什麼擠不擠的。」植松說道：「走吧。」

日野負責開車，一行人前往六本木五丁目。已經過了凌晨一點，六本木依舊車水馬龍。

隨時可見招攬客人的黑人。

「在外苑東通停車。」

植松下令，日野照做。

外苑東通就在飯倉片町的十字路口附近。

五人下車，徒步走向目的地大樓。從飯倉片町十字路口走到六本木十字路口，左轉進入第二條巷子。

「我和日野在這裡待命，土岐繞到大樓對面。」
植松井井有條地做出各項指示，大夥兒分散開來包圍四周。
宇田川和荒川面向正面玄關，一走進狹窄的巷子，突然就空無一人了。
宇田川指著玄關旁的停車場說：「我猜蘇我就在那裡。」
荒川點頭。
冷不防有道人影從黑暗的停車場冒出來，朝宇田川他們招手，肯定是蘇我。
走上前去，耳邊果然傳來蘇我的聲音。
「喲，你們真的來啦。」
就算是蘇我，這時也壓低了聲音說話。
荒川小聲回答：「狀況如何？」
「沒有變化。在那之後沒有任何相關人等來過。」
見荒川點點頭，蘇我看著宇田川說：「你說大石會讓堂島來這裡？」
「嗯，我是這麼想的。」

宇田川掐頭去尾地說明大家在「特命室」討論的重點。

聽完他的說明，蘇我說：「原來如此，經你這麼一說，我也覺得應該是那樣。」

「我們開車來了，你要不要稍微休息一下？」

「我不要緊。堂島和大石隨時都會出現不是嗎？」

到了這個節骨眼，沒有調查員會離開現場。

宇田川也很緊張，還有點興奮，感覺就像在守株待兔等候獵物上鉤。

23

宇田川等人開始盯梢約三十分鐘後，手機震動起來。

是植松打來的。

宇田川壓低聲線接起來。

「喂，我是宇田川。」

「剛才名波係長打電話給我，說他已經申請了堂島的逮捕令，正往這邊趕來。」

「能申請逮捕令的說明資料足夠嗎？」

「首先是在堂島的車上發現的血跡。他聲稱是把車子借給兵藤，但他的證詞已經不足以採信。再加上SSBC的報告也確定監視器拍到了他。」

「果然是堂島嗎？」

「名波係長等不及逮捕狀下來，先往現場去了，所以逮捕狀會送來我們這邊。」

「了解。」

「但有一個問題……」

「什麼問題？」

「相樂好像在使性子。」

「使性子……？什麼意思？」

「大概是看我們特命班不順眼。」

「是噢……」

「總而言之，詳細情況等名波係長到了再說。」

「是。」

電話掛斷了。

宇田川向荒川及蘇我傳達這通電話的內容。

蘇我問他：「相樂是誰？」

荒川回答：「我們家的係長，是個對工作很熱心的人……」

「哼嗯，對工作熱心是好事。」

「有時會熱心過頭。係長是那種隨時都要跟別人一較高下的人。」

「原來如此……」

大樓裡那間房依舊毫無動靜。

凌晨兩點，植松又打電話來。

「名波係長等人抵達剛才停車的地方了，你們先回來會合。」

「監視呢？」

「要重新分配任務，所以你們先過來再說。」

宇田川掛斷電話，告訴荒川和蘇我：「係長他們到了，要我們先回停車的地方一趟。」

蘇我說：「我繼續留在這裡監視。反正我又不是搜查總部的人。」

「也好。」宇田川說道：「我也認為應該要有人留下來監視。有什麼狀況再打電話給我。」

蘇我點頭。

宇田川和荒川離開停車場，前往會合地點。

宇田川等人開來的偵防車後面停了一輛小巴，車身是咖啡色與米白色的塗裝，一點都不顯眼，但宇田川一看就知道那是警方的車。

是用來當指揮車用的車輛，有時候也會當成前線總部使用。

荒川敲了敲車門，門從內側打開。

植松露臉，土岐和日野也在。

小巴另一邊的座位拆掉，擺上通訊器材和電腦螢幕。

名波係長坐在那排控制台前面。

相樂係長也在，這點讓宇田川大吃一驚。

相樂以不服氣的眼神看著宇田川和荒川。

名波係長說：「目前正在對監視中的大樓布下警網，一定要抓住堂島。動員其他調查員，也調來幾輛專門用來監視的車輛。」

看來搜查總部是真心連一隻蒼蠅也不給飛出大樓。

「只不過……」名波係長的話還沒說完：「相樂係長會帶另一組人馬去守著『麻布台商事』周圍。」

所有人都看著相樂係長。

「堂島不見得只會出現在那棟大樓裡，他去那裡的根據很薄弱。」

如荒川所說，相樂係長是那種隨時都要跟別人一較高下的人。這次他要對抗的「別人」大概是特命班的人。

「大石一定會讓堂島去那棟大樓。」

宇田川沒想太多便脫口而出。

名波和植松也沒有要阻止他的意思。

相樂對宇田川說：「我不願意隨著你這種沒有根據的猜測起舞。」

「堂島的秘書兼情婦準備了過夜的東西，所以絕對不會錯。」

「沒有證據可以證明堂島會在那裡過夜。」

「可是……」

「警察行動需要真憑實據，不能只是賭一把。我們要去『麻布台商事』監視。」

相樂接著說下去，堵住宇田川的反對意見。

「當然，也不確定堂島會不會出現在『麻布台商事』。但是必須考慮到各種可能性。就算我們白跑一趟，也必須有人盯著『麻布台商事』。」

宇田川恍然大悟。

明白相樂並非不分青紅皂白地與特命班作對。

相樂說的很有道理。宇田川固然相信堂島會出現在那棟大樓，但也不敢百分之百斷定。

既然如此，當然也應該要設想堂島會去其他地方的可能性，守住那些地方。

「所以說，」相樂說：「我要把我手下的人全部帶走。」

宇田川認為這就沒道理了。

搜查總部再怎麼說，都得由警視廳本部搜查一課與轄區共同組成的部隊展開行動。

宇田川望向名波係長，既然他沒有意見，就表示管理官或課長已經同意相樂的主張。

意識到宇田川的視線，名波係長解釋。

「去『麻布台商事』的人比這邊少，所以交給相樂係長彼此都很熟悉的部下也是一個方法。」

原來如此，話也可以這樣說啊。簡而言之，就是讓異議份子離得多遠就多遠嘛。

日野說：「我跟係長一起去。」
相樂點頭回答：「其他人已經前往現場了，我們也得加緊腳步。」
這時，荒川開口：「我想留下來，可以嗎？」
相樂驚訝地看著荒川。
顯然以為荒川也會跟自己走。
「你說要留下來是什麼意思？」
「我還有救出大石的任務在身。」
相樂盯著荒川看了好一會兒，臉上並沒有憤怒的表情。看樣子，相樂在荒川面前也不敢太囂張。
「好吧。」相樂過了好一會兒才說：「那邊就交給我們。日野，走吧。」
「是。」
「等一下。」宇田川對日野說：「車鑰匙給我。」
「對，我差點忘了。」
宇田川接過鑰匙。

那兩人離開小巴後，名波係長輕聲嘆息。

看來相樂的離去讓他鬆了一口氣。

名波說：「其他調查員皆已各就各位。宇田川和荒川警官繼續使用剛才開的車。土岐警官去跟別輛車的警官會合。植松警官和我在這裡待命。」

「請帶上UW。」

UW指的是攜帶用的無線電，由坐在控制台前的員警遞給宇田川和荒川。

宇田川和荒川接過，戴上耳機。

土岐說：「那麼我們走了。」

土岐、荒川、宇田川三人下了小巴，土岐走向停在另一個地方的車，宇田川和荒川坐進停在正前方的偵防車。

宇田川在駕駛座上說：「把車開進蘇我盯梢的停車場吧。」

「就這麼辦。」

「請問……」

「什麼？」

「違抗相樂係長沒關係嗎？」
「別擔心，那個人只是牛脾氣，倒也不是不講理的人。」
宇田川了然於心，發動引擎。

「哎，坐在車裡盯梢真是輕鬆啊……」
蘇我以優哉游哉的口吻說道。
他坐在後座，駕駛座是宇田川，副駕駛座則是荒川。
時間已經過了凌晨三點。
「你可以小睡一下。」宇田川說道。
「我不睏。」
蘇我回應的同時，有一束車頭燈的光線靠近大樓，是計程車。
宇田川和荒川躲在儀表板後面，觀察情況。
計程車停在大樓前。
男人下車，大樓玄關的燈光照亮了他的臉。

宇田川說：「是堂島。」

荒川附和：「沒錯，又有另一個人下車了。是個女的，會是秋島和美嗎……」

宇田川只看一眼就認出來。

「不，那是大石。」

蘇我從後座探出身子，望著計程車的方向說：「沒錯，那是大石。」

荒川按住無線電的通話按鈕說：「丸對一、丸對二，兩個人都發現了。重複一次。丸對一、丸對二，兩個人都發現了。」（註：丸對是日本警界用語，意指偵察對象。）

耳機裡傳來名波係長的指令。

「下手逮人。再重複一次。下手逮人。別讓人給跑了。」

宇田川、荒川同時下車，蘇我也立刻跟上。

宇田川使盡全力衝向大樓玄關。

堂島和大石消失在大樓的玄關裡，但是還沒有進電梯。

堂島發現宇田川，轉身想逃。

宇田川擋住玄關正面，於是他便想往大樓內部逃竄。

「站住！」

宇田川繞過大石，追上堂島。

抓住正要上樓的堂島，兩人扭打成一團，雙雙倒在走廊上。

「你在做什麼？」

堂島死命掙扎，宇田川也拚命地抓住他不放，這時蘇我趕來助他一臂之力。

沒多久，荒川趕到，在其他地點盯梢的土岐等調查員也趕來了。

所有人都撲上去，制服堂島，荒川將他上手銬。

一行人把堂島拽起來。

蘇我附在宇田川耳邊提醒。

「也為大石上銬。」

「欸……」

「必須讓堂島認為她也被捕了。」

「了解。」

宇田川衝到電梯前，站在大石面前。

用手銬銬住大石的雙手時，這才終於看到她的臉。

大石看著宇田川，臉上浮現出志得意滿的笑容。

24

眾人圍著為堂島上銬的荒川，將堂島押解回東京灣臨海署的搜查總部。

他們一出發，蘇我就走向宇田川和大石身邊。

「呵，這個手環真適合你。」

「趕快解開啦！」

宇田川眼看要解開手銬。

「等等。」

土岐出聲阻止。

「咦……？」

宇田川停下動作，看著土岐。

土岐解釋：「或許只是形式，但最好還是直接銬著帶走大小姐。」

「為什麼？大石只是奉命進行臥底調查。」

「為了慎重起見。堂島雖然被帶走了，但難保伊知原組或是『麻布台商事』裡，還有其他員工認識大小姐。」

「原來如此……」蘇我說道：「的確需要小心為上。」

土岐繼續說明：「臥底調查再怎麼說都是最高機密吧？組對或警察廳的警備企畫課，應該不希望這件事公諸於世。」

「我明白了。」大石說道：「土岐警官說的沒錯，就這樣去搜查總部吧。」

「不好意思啊，大小姐。但這麼一來心證會好一點。」

宇田川發問：「心證會好一點？」

「我是指幹部的心證。看到大小姐被銬著帶回去，課長或部長應該會對她心生同情。」

蘇我說：「這會對她接下來的處置造成影響。」

宇田川問蘇我：「接下來還有什麼處置？」

「這還用說嗎，就算是臥底調查，也必須受到刑法的規範，就像你們執勤中也不能觸犯刑法一樣。」

「也就是說，」土岐代為解釋：「此時此刻，大小姐還有殺人共犯或藏匿犯人的嫌疑。」

宇田川對土岐抗議：「怎麼這樣……。她是逼不得已才這麼做。」

大石一言不發。

土岐安慰他們：「總而言之，先帶大小姐回去吧。」

宇田川問蘇我：「接下來你有什麼打算？」

蘇我聳聳肩。

「我能有什麼打算……。只能等你們主動聯絡，除此之外什麼也做不了。」

「了解。」宇田川回答：「我一定會向你報告。」

土岐和宇田川站在銬著手銬的大石兩側，抓住她的手臂，押她坐上偵防車。

即使坐進後座，也是大石坐在正中央，宇田川和土岐分坐兩側，完全是押解嫌犯的標準作業。

土岐面向前方說：「是小子發現大小姐對著監視器握緊拳頭……」

大石也面向前方，無言頷首。

土岐接著說：「小子一看就完全理解大小姐的用意。再說了，是蘇我動員我們搭救大小姐。以同期來說，你們的默契真不是蓋的。」

大石開口：「能與他們同期真是太好了。」

土岐點頭。

絕不能讓大石被問罪，無論如何都要阻止這種事發生。宇田川邊想邊聽他們交談。

回到臨海署，土岐說：「依正常程序得送她去拘留所，但現在該怎麼收場呢？」

宇田川說：「去搜查總部吧。管理官應該有話想問她。」

三人下車，走向搜查總部。大石還銬著手銬。

田端課長也在搜查總部，大概是為了抓住堂島，一直在搜查總部指揮全局。不過並未看見刑事部長的身影。

已經過了凌晨四點，但由於嫌犯終於落網，搜查總部士氣高昂。

荒川大概正在向管理官說明逮捕堂島的來龍去脈。

植松和名波係長也在場。

植松看到宇田川他們，出聲招呼：「這不是大小姐嗎？」

他的嗓門讓調查員全都盯著大石看。

田端課長開金口：「過來這邊。」

土岐和宇田川拖著大石的手臂，走向幹部的座位。

「哦，你就是大石嗎？辛苦你了。」田端課長說道：「還不趕快解開她的手銬。」
土岐再確認一次：「可以嗎？」
「可以。大石已經完成危險的任務了。」
宇田川拿出鑰匙，解開手銬。
田端課長說：「首先請你告訴我，細木遇刺的時候、被推進海裡送命的時候，你在現場嗎？」
「沒有，兩次我都在堂島的車上。」
「傷害及殺人都與你無關嗎？」
「都與我無關。」
「你可以證明這一點嗎？」
「我想很難證明。」
「這樣啊……」
「可是應該也沒有人證物證，能證明我當時人在案發現場。」
「說的也是。」

曾幾何時，名波係長、植松、荒川都湊了過來。

田端課長說：「我只要知道這個就夠了……。名波或池谷管理官會再向你詢問詳細的來龍去脈。」

冷不防，耳邊突然傳來「立正」的聲音。定睛一看，刑事部長與臨海署署長正走進搜查總部。

宇田川等人全都當場立正站好。

刑事部長在幹部的座位坐下，問田端課長：「聽說已經抓到堂島了？」

「因為他企圖逃走，所以進行緊急逮捕。接下來將由名波係長執行逮捕令。」

「聽說細木和兵藤都是堂島殺的，此話當真？」

「我想應該沒錯。」

「明白。辛苦各位了。」

「請容我向您報告，能順利逮捕堂島，進行臥底調查的大石巡查部長居功厥偉。」

「哦，我聽組對部長說了。你就是大石嗎？幹得好！」

大石深深一鞠躬。

「只是……」田端課長欲言又止。

「只是什麼？」

「大石可能會被問罪。」

「什麼罪？」

「傷害及殺人的幫兇，還有窩藏犯人、協助犯人逃逸……」

「這真不像你啊，田端課長。」

「什麼……？」

「大石是刑事部的人，臥底調查也是受組對部所託，怎麼可能因此被問罪。」

「大石是我的部下，她說自己沒有做對不起良心的事，我相信她，無論如何都要保護她……」

「那就保護她啊！大石只是妥當地完成了任務。」

有刑事部長的這句話，宇田川覺得充滿信心。
這麼一來，大石應該沒事了。
部長看了圍在大石周圍的宇田川等人說：「你們圍在這裡做什麼？」
所有人都保持立正站好的姿勢，當場愣住，一句話也說不出來。
田端課長代為回答：「正常的救援行動失去功能，無法將大石從臥底的地方救出來，最後由他們負責救出大石。而且不僅順利救出大石，還一併逮捕了堂島。」
「原來如此。」部長說道：「辛苦各位了。」
眾人敬禮退下。
大石在管理官的座位區，向名波係長以及池谷管理官報告本案的各種細節。
不用帶她去偵訊室真是太好了。
荒川和植松開始偵訊堂島。

其他調查員分頭製作說明資料等文件。

宇田川也對著電腦工作。

相樂係長一行人回來的時候，已經是凌晨四點半過後。相樂發現所有的幹部都到齊了，立正站好，向他們行禮。

他的係員們也照做。

接著相樂走到池谷管理官跟前，大概是向他報告自己回來了，並悄悄地瞥了管理官身邊的大石一眼。

相樂回到部下身邊時，與宇田川四目相交，宇田川立刻將視線拉回電腦上。

感覺到相樂走上前來。宇田川依舊目不轉睛地盯著電腦。

「你叫宇田川嗎？」

相樂問他，宇田川起立。

「是。」

「看樣子，這次被你說中了。」

「我也鬆了一口氣。」

「那個叫大石的女警看來也沒事。」

「是。」

「可是辦案不能光靠直覺，給我記清楚了。」

「是。」宇田川依舊立正回答：「我認為抱著白費工夫的覺悟，也要滴水不漏地盯著『麻布台商事』，是件很了不起的事。」

「你是在挖苦我嗎？」

「不是！我是真的覺得您很了不起。」

「哼，被你這種人認為了不起，也沒什麼值得高興。」

「是噢。」

「下次再一起辦案的時候，將會是你們抽到下下籤。」

相樂丟下這句話，轉身離去。

連對自己口中「像你這種人」的宇田川都要一較高下，相樂係長就是這種人。

這個人雖然個性彆扭，卻令人討厭不起來呢。
事到如今，宇田川終於發現到這一點。

名波係長領著大石走到宇田川跟前，宇田川還站著。
名波先要大石坐下，自己也跟著坐下，然後再交代宇田川：「坐吧。」
宇田川依言就座。
名波係長說：「一切都跟你推理的一樣，真是令人驚訝。大石也馬上就注意到堂島形跡可疑，為了確認虛實，才去接近他的。」
大石對宇田川說：「他叫我開車去倉庫是最好的機會。」
宇田川問她：「你真的不在刺傷細木、殺害他的現場嗎？」
大石坦承：「堂島不讓我靠近現場。這也難怪，因為他只當新進員工是跑腿的小妹。」
「但你還是發現在盜賣古柯鹼的是堂島？」
「這我倒是不清楚，只知道他做了對不起兵藤的事。」

接下來，大石告訴宇田川自己看到、聽到的種種。

荒川猜的沒錯，細木不想再繼續盜賣古柯鹼，主動找上堂島談判，於是堂島指定了那個倉庫。

大石說，現在回想起來，堂島似乎打從一開始就想殺害細木。

堂島突然打電話給大石，要她去堂島家的停車場開車過來。

在那之前，大石對此事一無所知，但是把車停在倉庫前，觀察裡頭的狀況時，才逐漸反應過來。

宇田川說：「你那個時候應該報警。」

「堂島進倉庫的時候，還有另一位組員在監視我。除此之外的時間，我都和堂島在一起，根本沒機會報警。」

「那關於兵藤的命案呢？」

「週日晚上八點半左右，堂島曾經離開倉庫過一次，九點半才回來。」

「沒開自己的車嗎？」

「他坐了計程車。我覺得很不尋常，心想他大概是利用那段時間去殺害兵藤。」

「是你把細木從倉庫運到運河沒錯吧？」

「我的確在堂島的命令下開車。從此以後，他似乎就認為我是個好使喚的傢伙，逃走時也帶上我。我假裝費了九牛二虎之力，打算帶他去那棟大樓。我猜搜查總部可能會注意到那棟大樓……」

名波係長說：「你把她剛才講的這些話，再跟植松警官和荒川警官說一遍。」

「是。」

宇田川奔向偵訊室。

敲門，荒川探出頭來。

宇田川說：「我來轉述大石的報告。」

「你等一下。」

荒川先回偵訊室，隨即與植松一起出來。

兩人來到走廊上，宇田川問道：「怎麼樣了？」

植松說：「不怎樣，一定會讓他招供的。詳情如何……？」

宇田川盡可能正確地轉述大石告訴他的內容。

聽完他的轉述，植松說：「了解，我會用你剛才說的那些拿下堂島。」

「請問……」宇田川問植松：「大石會有什麼下場？」

荒川代替植松回答：「別擔心，搜查一課課長和刑事部長都說了不會有事。」

「沒錯。」植松也說：「要是被捕，以後就不能再進行臥底調查了。」

兩人又回到偵訊室。

宇田川回搜查總部時，大石就坐在管理官座位區的名波係長旁邊。

宇田川正要重新開始寫報告，手突然停下來，拿出手機，打給蘇我。

「喂～～我是蘇我。」

依舊是慢條斯理的語氣。

「還醒著？」

「嗯。大石怎麼樣了？」

「現階段還沒被捕，刑事部長和搜查一課課長說會保護她。」

「部長都這麼說的話，大概就沒問題。那我要睡了，實在好累。」

「慢著，今後打這個電話號碼還能聯絡上你嗎？」

「我也說不準……」

「你現在人在哪裡？」

「這也不能說。」

「還會再見面吧？和大石一起……」

蘇我停頓了好幾拍才回答：「那當然。」

電話掛斷了。

堂島招供的訊息傳到搜查總部時，已經是早上八點過後的事了。接下來只要備齊文件，就能移送法辦。

搜查總部籠罩著如釋重負的氣氛。

每個人都分到一杯祝賀用的酒，刑事部長和臨海署署長象徵性地沾了一口，離開搜查總部。

田端課長和池谷管理官似乎要留到最後一刻，等搜查總部解散再離去。

植松和荒川回到搜查總部時，受到調查員熱烈的掌聲歡迎。

星期四早上，上白天班的職員已經陸續到警局上班。

早上九點過後，搜查總部解散。宇田川所屬的單位都可以回家休息。

宇田川回家前問名波係長：「大石接下來的處境會如何？」

「應該是要先回警視廳本部，向組對部長報告任務完成，再由組對部長向警察廳的警備企畫課報告。」

「然後呢？」

「天曉得，要看組對部長有什麼打算。總之你先回家睡覺吧。」

「是。」

只能照他說的話做。

宇田川回到家，鑽進被窩，一沾到枕頭就睡著了。

星期五早上進警局，就發現組對那邊吵吵鬧鬧的，還以為發生了什麼事，原來是麻取的織部來了。

一走近，可以聽見織部的咆哮。

「特地叫我過來，要是情報太微不足道的話，我一定不會善罷干休的。還好不是那麼微不足道的情報，接下來就交給我們。」

織部放狠話的對象好像是武原管理官和畑中。

耳邊傳來武原管理官的聲音。

「這可不行，實際要採取行動的是我們警視廳。」

「東京都的警察本部連省廳都不是，卻要跟厚勞省對著幹嗎？厚勞省的前身可是內務省喔，和你們根本不是同一個檔次。」

耳邊繼續傳來武原管理官的聲音。

「根據刑事部的情報，可以在美國組織上岸時將他們一網打盡，那也是我們警視廳實動部隊挖到的情報。再怎麼說，你們麻取全國加起來也不過三百多人，要是沒有我們幫忙，根本就拿對方束手無策。」

織部一時靜默無語。

從大石帶回來的情報和殺害兵藤的來龍去脈，已經搞清楚古柯鹼的銷售管道，而且似乎決定在美國組織登陸前將其一網成擒。

他們顯然正在爭奪主導權，看樣子是武原管理官略勝一籌。

不一會兒，織部的聲音響起：「話說得這麼滿，那就絕對不允許失敗。」

「你們才是，只管把該做的事做好就好。」

織部加快腳步走來，與正在聽他們爭執的宇田川狹路相逢。

織部說：「是你啊，還沒被開除嗎？」

「暫時還沒……」

「萬一你被警方開除了，就來麻取，我會好好地教育你。」

「呃，我會考慮。」

織部揚長而去。

看來大石的臥底調查帶回來豐碩的成果。

宇田川為她驕傲，又有點不甘心。

心想，這也是同期才會有的糾結情緒。

務。

宇田川聽土岐說，大石那天已經回到搜查一課特殊犯搜查係處理日常事務。

「如何？」土岐問道：「為了慶祝大小姐平安歸來、完成任務，要不要一起吃晚飯……」

植松聽到這句話說：「聽起來不賴呢。喂，小子，去訂位。」

「得先問問大石有沒有空……」

「那當然，但就算大小姐不能來，我們也可以自己舉杯慶祝。」

「這也太亂來了吧……」

宇田川致電到大石的手機。

「喂，我是大石。」

「我是宇田川。今晚有空嗎？土岐警官和植松警官問你要不要一起吃飯？」

「沒問題。」

「那我就訂每次去的餐廳了。」

「赤坂的西班牙餐廳嗎？」

「對。」

「了解。」

宇田川掛斷電話，打電話向餐廳訂位。

再打電話給蘇我，只聽到「您撥的號碼暫停使用」的語言訊息。

宇田川早就心裡有數，並不覺得失望。

當天晚上，宇田川、植松、土岐、大石圍著西班牙餐廳的圓桌而坐。照慣例是最裡面的位置。

植松說：「大小姐和我們在這裡聚餐，剛好是一個禮拜前的事。」

「沒錯。」土岐說道：「那是一切的開端。」

大石說：「當時我已經做好心理準備，說不定再也見不到大家……」

植松說：「小子才不會允許那種事發生呢。」

宇田川不知道該說什麼才好，默不作聲。

這時，經理走上前來。

「各位的訪客來了。」

眾人一起朝經理的方向望去。

宇田川已經猜到來人是誰了。

「哇，人都到齊啦！」

果不其然，來的是蘇我。

土岐看著他說：「不是聯絡不上嗎？」

宇田川回答：「我猜只要來這家店，消息就會傳到他耳中。」

這也是老樣子。

蘇我手裡拿著葡萄酒。

「來乾杯吧。」

他將葡萄酒倒進大家的杯子裡。

每次工作告一段落，眾人就會自然而然地聚集在這家餐廳裡，但誰也不曉得能持續到什麼時候。

因此希望大家像這樣聚集在一起的時候，至少能盡情同樂。

植松說：「那就趁還沒發生案子被叫回去以前，乾杯！」

大石接下他的話頭。

「託各位的福，我才能再次與大家乾杯。謝謝你們。」

舉起酒杯，深紅色的葡萄酒在橘色的燈光下，搖曳生輝。

娛樂系 037

變幻

作者　今野敏
譯者　緋華璃
責任編輯　小調編集
美術設計　POULENC
書衣裡插畫　chocolate
編輯行政　高嫻霖

發行人　林依俐
出版　青空文化有限公司
100台北市中正區忠孝西路一段50號
22樓之14
讀者服務信箱：service@sky-highpress.com

總經銷　大和書報圖書股份有限公司
電話　02-8990-2588
印刷　前進彩藝有限公司
出版日期　2020年8月　初版一刷
定價　340元
ISBN　978-986-97633-5-6

國家圖書館出版品預行編目(CIP)資料

變幻 / 今野敏著；
緋華璃譯. -- 初版. -- 臺北市：青空文化, 2020.8
384面；　10.5 x 14.8公分. --（娛樂系；37）
譯自：変幻
ISBN 978-986-97633-5-6(平裝)
861.57　　109007596